『十二五』國家重點圖書出版規劃項目

○ 任中敏文集 ○

王小盾 陳文和 主編

# 名家散曲

任中敏 編
伍三土 校理

鳳凰出版社

圖書在版編目（ＣＩＰ）數據

名家散曲 / 任中敏編；伍三土校理. -- 南京：鳳凰出版社，2013.12（2019.9重印）
（任中敏文集）
ISBN 978-7-5506-1942-5

Ⅰ. ①名… Ⅱ. ①任… ②伍… Ⅲ. ①散曲－文學研究－中國－古代 Ⅳ. ①I207.24

中國版本圖書館CIP數據核字(2013)第299357號

本書經任中敏先生著作權管理方揚州大學授權獨家出版，不得翻印，違者必究。

| | |
|---|---|
| 書　　　　名 | 名家散曲 |
| 編　　　者 | 任中敏 |
| 校　理　者 | 伍三土 |
| 責　任　編　輯 | 郭馨馨 |
| 出　版　發　行 | 鳳凰出版社(原江蘇古籍出版社) |
| | 發行部電話 025-83223462 |
| 出版社地址 | 南京市中央路165號，郵編:210009 |
| 出版社網址 | http://www.fhcbs.com |
| 照　　　排 | 江蘇鳳凰製版有限公司 |
| 印　　　刷 | 江蘇鳳凰通達印刷有限公司 |
| | 南京市六合區冶山鎮，郵編:211523 |
| 開　　　本 | 890×1240毫米　1/32 |
| 印　　　張 | 7.125 |
| 字　　　數 | 205千字 |
| 版　　　次 | 2013年12月第1版　2019年9月第2次印刷 |
| 標　準　書　號 | ISBN 978-7-5506-1942-5 |
| 定　　　價 | 36.00圓 |

(本書凡印裝錯誤可向承印廠調換,電話:025-57572508)

20世紀80年代任中敏先生與妻子王志淵攝於揚州

## 盪氣迴腸曲目次

### 上卷

| 曲牌 | 作者 |
|---|---|
| 水仙子 | 元 徐再思 |
| 清江引 | 元 徐再思 |
| 一半兒 | 元 王鼎 |
| 一半兒 | 元 陳克明 |
| 紅繡鞋 | 元 任昱 |
| 落梅風 | 元 周文質 |
| 梧葉兒 | 元 無名氏 |
| 喜春來 | 元 無名氏 |

《盪氣迴腸曲》書影

# 任中敏先生文集序

　　本文集是任中敏先生學術著述的總集。

　　先生名訥，字中敏，江蘇揚州人。早年治北曲和北宋詞，故自號"二北"；晚年從事唐代文藝研究，故又號"半塘"。他出生於1897年，即戊戌變法的前一年；辭世於1991年12月，即蘇聯解體的同一個月；享壽九十五年。他一生經歷了很多歷史事件，其中關係最直接的有"五四"運動、抗日戰爭、社會主義改造和"文化大革命"。先生一直以最積極的態度應對複雜多變的社會環境，所以在九十五年間，不僅有過像普通人一樣的生存，而且有過作爲社會活動家、教育家、學者的生存。本文集正是對於他的學術人生的記錄。

　　先生最重要的學術業績是創立了散曲學和唐代文藝學。本文集圍繞這兩個中心而編成，可分爲四個部分：

　　第一部分散曲研究，包括《散曲叢刊》、《新曲苑》兩部叢書以及《散曲之研究》、《曲錄補正》、《詞曲合併研究》、《詞曲通義》等單篇論述。這些著作有兩大內容：一是把古典文獻學的目錄、版本、校勘、輯佚、辨僞之法同詞曲學的曲調、韻律、題目、體例研究結合起來，對元、明、清三代的散曲創作和評論做了系統總結；二是在和詞體相比較的基礎上，考訂了散曲的名稱、體段、用調、作法、內容、派別，亦即確認了散曲在文體、風格、功能上的特徵。這兩項工作，建立了散曲學的文獻基礎，釐定了散曲學的術語體系，構築了散曲學的基本框架，從而結束了散曲與戲曲混沌不分的局面，標志著近代散曲學的成立。

　　第二部分敦煌歌辭研究，包括《敦煌曲校錄》、《敦煌曲初探》、《敦煌歌辭總編》等著作。這些著作始於對《雲謠集雜曲子》的著錄與考訂，擴大至於對全部敦煌曲子辭的整理與研究，最後成爲關於"在敦煌發現的、一切有音樂性的歌辭寫本"的研究集成。《敦煌曲校錄》、《敦煌曲初探》完成了前兩步,其特點是針對五百四十多首敦煌曲子辭,把校訂考釋與理論研究分別爲兩書;《敦煌歌辭總編》完成了第三步,其特點是收錄作品一千三百多首,"合歌辭與理論爲一編"。所謂"理論",有一個重要項目是辨體,亦即把敦煌歌辭分別歸入隻曲、普通聯章、重句聯章、定格聯章、長篇定格聯章等體裁。經過這項工作,先生不僅提供了一批翔實可靠的音樂文學資料,而且提供了一個結構清晰的學術系統。

　　第三部分唐代戲劇研究,包括《唐戲弄》、《優語集》以及《唐戲述要》、《戲曲、戲弄與戲象》、《駁我國戲劇出於傀儡戲、影戲説》、《蕭衍、李白〈上雲樂〉的體和用》、《對王國維戲劇理論的簡評》等一批論文。其中《優語集》從表演者及其言論的角度,對中國幾千年戲劇史作了資料展示;《唐戲弄》則用細緻的論證,顯示了唐戲在脚本、戲臺、音樂、化妝、服飾、道具等方面的特徵,爲建立一部以演員和表演爲中心的中國戲劇史作了斷代示範。在先生的著作中,影響最大的也許就是這部《唐戲弄》。它打破"無劇本便無戲劇"的狹窄戲劇觀,重新確認了戲劇的本質;它衝擊以戲曲代替戲劇的舊習慣,既展示了戲劇形態的多樣性,也提升了戲劇研究的資料品質。中國的戲劇研究從此開了新途,從以文學爲中心轉變爲以表演爲中心,從一元的進化研究轉變爲多元的形態比較,視角和視野都有了很大改變。

　　第四部分唐聲詩研究,包括《唐聲詩》一書,也包括作爲資料準備的《教坊記箋訂》和作爲理論準備的一系列詞學論文。《教坊記箋訂》有兩個重點:其一考訂唐玄宗時期的教坊制度和人物事跡,其二考訂當時教坊所保存的 46 支大曲和 278 支普通曲子。後一内容,正好爲《唐聲詩》研究提供了資料基礎和認識基礎。《唐聲詩》是以配合燕樂曲調的齊言詩爲研究對象的。其操作方法是:先輯成唐代齊言歌辭約兩千首,從中提出曲調百餘名;次以相關記載排比溝通,建立理論;再據此理論重審各曲,著録一百五十餘調、一百九十餘體;最後從以上三者之間抉剔矛盾,相互改正,完成全書。在這項工作中,燕樂曲調既是理論與資料之間的交叉點,也是把握音樂與文學之關係的樞紐。以燕樂曲調爲綱領,既可以觀察詩與樂的多種形式的關聯,又可以觀察決定歌辭體式的音樂因素和表演方式因素。通過這種深入觀察,先生把詞調形成這一學術爭議問題提升爲對中古音樂文學的全面探討。

總之,以上四方面工作,都具有建設學術方向、轉變學術風氣的意義。

先生的學術生涯起始於 1918 年。此年他進入北京大學國文系,師從瞿安(吳梅)教授研治詞曲。1922 年畢業以後,他利用瞿安教授奢摩他室和南京江南圖書館的藏書,蒐集了大批散曲資料。1926 年至 1931 年,他在教學之餘,向學術界貢獻出《新曲苑》、《散曲叢刊》、《詞曲通義》、《曲諧》、《詞學研究法》等一批重要著作。這時他只有 34 歲,但他的學術生涯却形成第一個高峰,彰顯出重視實證、富於批判精神的個性,其具體表現則是重視原本不上大雅之堂的表演性文學,因而重視文學在社會生活中的多樣存在。這種個性事實上貫穿了他的一生。1950 年前後,他離開經營多年的漢民中學,在四川大學回歸學術。對於他的教育救國之理想來說,這也許是一個退求其次的選擇;但他的學術個性却因此而得以充分發揚。1951 年,他從詞曲進入敦煌學,後來又把敦煌曲子辭研究擴展爲敦煌歌辭研究,事實上,這便是把面向作家文學(詞)的研究擴展爲面向社會各階層之文藝的研究。1955 年以後,他在好幾項工作上對王國維先生做了糾補,例如繼《優語錄》之後編成《優語集》,變《宋元戲曲考》的戲曲研究而爲《唐戲弄》的戲劇研究。表面上看,這些工作的意義是資料範圍的擴大,而究其實質,却是藝術觀念的改變。比如,在《宋元戲曲考》那裏,衡量戲劇的標準是從宋元南戲、明清傳奇到京昆劇的主流戲曲系統,也就是同文人雅士生活相聯繫的表演藝術;而《唐戲弄》却更關注民衆生活中的藝術。依據這一觀念,先生提出了周有戲禮、漢有戲象、唐有戲弄、宋元有戲曲的主張。這個主張意味著,中國戲劇史實即若干戲劇形態相更疊的歷史;不同形態的戲劇有不同的社會功能,但它們具有同等的學術價值。

在近代中國,先生代表了一種不多見的人物類型。他曾經長期從事政治活動和教育活動,但學術却成爲他實現生命意義的最好方式。他到五十五歲才正式選定作爲學者的道路,但他由此改寫了學術史上的某種記錄:讓寫作高峰出現在花甲之年,並使學術創造力延續到九十高齡。他一貫以獨立特行者的面貌出現在學術舞臺之上,研究作風和任何人都不相同。他全力以赴從事資料工作,却使這種零度風格的工作充滿熱情,成爲富於理論意義和人格力量的工作。他很少參加學術活動,一生都以邊緣人的身份"閉門造車",而這種情況却恰好成就了他的學術個性。作爲一個成功的學者,在他身上似乎隱藏了一些特殊的秘密。

秘密應當在於:他是把學術當作一種生存方式來看待的。他始終以奮發的態度進行學術工作,學術是他陳述生命的語言。如果説,真正的學者總是具有同學術合一的傾向,那麽,我們可以用"不平則鳴"、"激憤出詩人"的比喻,來解釋他投身學術活動的動力。

1919年,他曾攜帶"五四"的風烈南下揚州,在二十四橋張貼了一批激揚的文字。這一姿態,也就是他走上學術舞臺的姿態。他把這一姿態保持到教育活動中;而當他的教育事業夭折之時,他又在全部研究工作中刻下了作爲批判者的印記。他懷疑聖人和經典,於是矚目於通俗文學。他崇尚"蒸不爛、煮不熟、捶不匾、炒不爆、響當當"的銅豌豆性格,於是弘揚具有豪放本色的北宋詞和元代北曲。他偏愛不入大雅之堂的文學,於是以極大熱情投入對這種文學作品的整理——早年是《一半兒》,晚年是敦煌曲子辭。他的目光不斷被具有平民色彩的事物吸引,於是越來越深地進入那些發生狀態的文體和文學現象。他輕視正統和權威:面對戲曲和戲曲研究的貴族化傾向,他提出飽含民間色彩的"戲弄"概念;面對詞學研究中的正變尊卑觀念和因之固定下來的"詩變而爲詞"的成見,他提出"唐代無詞"的主張和"曲一詞一曲"的文體演進綫索。他的工作不免有某種主觀性,但幸運的是,他所信奉的批判精神,作爲20世紀中國學術的寶貴建樹,天生地包含了某種科學傾向。所以他總是能夠敏鋭地認識對象的本質,找到最具前途的學術課題。此外,他始終不渝地倡導嚴正的爭鳴。他和幾位親密朋友的往來書信,均貫穿了激烈的學術爭論。他一生只具體地指導過一篇學位論文,他的指導意見也可以概括爲簡單的兩句話:"要敢於爭鳴——槍對槍,刀對刀,兩刀相撞,鏗然有聲。""震撼讀者的意志和心靈!"

事實上,先生的批判精神或反傳統精神不僅使他比同代人更加接近科學,而且,也使他更頑強地戰勝了逆境。20世紀50年代以後,學術成了他砥礪意志、張揚個性的手段。他的生活軌跡表明:環境越是惡劣,他越能成功自己的學術。20 世紀 60 年代中期,作爲一個政治身份晦暗的古稀老人,他曾就敦煌曲子辭的校勘問題和創作年代問題,發起一場有中國臺灣潘重規、中國香港饒宗頤、日本波多野太郎等知名學者參加的國際大討論。這一事件,可以看作他對於當時環境的特殊反應方式。同樣,他也向自己所面臨的種種極限反復提出挑戰:總是按大禹治水的方式設計學術工作,在所研究的每一個課題範圍内,細大不捐地疏理全部問題;總是用竭澤而漁的方式搜集資料,上窮碧落下黄泉,不放過有關研究對象的蛛絲馬跡。他的學術具有堅實而強健的品格。

面對先生的學術業績,我們不免會去思考研究方法的意義。我們發現,方法其實是聯繫研究者和研究對象的媒介,是研究者的精神個性同作爲研究對象的資料品質的相互適合。先生的研究方法,也明顯表現了受制於個性與資料品質的特點。學術個性使他進入了一系列處女地,這樣一來,他勢必以最大力量來進行資料建設,採用資料工作與理論工作並舉的研究方法。他所處理的資料往往是非經典的資料,這樣一來,他勢必從文化角度或伎藝角度認識文學,採用社會史的研究方法。以文本爲中心的文學研究一旦讓位給以事物關係爲中心的文學研究,他又自然要把以書籍爲單位或以作品類别爲單位的文獻整理,轉變成以課題和問題爲單位的文獻考訂與理論總結。此外,課題和價值觀的更新,使他在敦煌歌辭校勘等工作中,採用了勇於按斷的治學方式。人們往往依照文獻學的常規對這一方式加以批評,却没有想到,它同樣有研究個性與資料品質方面的緣由——敦煌歌辭資料其實不是"典籍"資料,而是"文書"資料。它多爲孤本,往往殘缺,且由於經過口頭流傳以及由民間書手謄寫等原因,有大量不易死校的訛字異體。爲了取得一份可讀的文本,難免要根據訛别規律、名物制度、通假字音變的時代特點等知識,作較爲大膽的"理校"。這也就是清代校勘家所説的"考異"。這件事説明,先生工作中的種種不圓滿,是應當從積極角度來理解的。因爲它可能不屬於舊的學術範式,而包含某種前指意味,需要後續的開拓。

由於以上理由,今把先生的學術著述整理出版。本文集除副主編

陳文和教授以外,其他整理者都是先生的弟子門生。其分工如下:

喻意志、吳安宇:整理《教坊記箋訂》;

楊曉靄:整理《唐戲弄》;

金溪:整理《散曲研究》;

曹明升:整理《散曲叢刊》;

許建中、陳文和:整理《新曲苑》;

王福利:整理《優語集》;

張之爲、戴偉華:整理《唐聲詩》;

樊昕、王立增:整理《唐藝研究》;

何劍平、張長彬:整理《敦煌歌辭總編》;

張長彬:整理《敦煌曲研究》;

李飛躍:整理《詞學研究》;

伍三土:整理《名家散曲》。

另外,本文集所用照片由鄧傑教授提供。

王小盾

2013年春分日

# 目　錄

## 元曲三百首

伯顏一首 …………………………………………（3）

張九元帥一首 ……………………………………（3）

元好問一首 ………………………………………（3）

王惲一首 …………………………………………（4）

倪瓚三首 …………………………………………（4）

虞集一首 …………………………………………（5）

張鳴善一首 ………………………………………（5）

孟昉一首 …………………………………………（5）

關漢卿六首 ………………………………………（6）

白樸六首 …………………………………………（7）

馬致遠三十二首 …………………………………（8）

王伯成一首 ………………………………………（13）

王德信實甫二首 …………………………………（13）

楊果二首 …………………………………………（14）

劉秉忠三首 ………………………………………（14）

王鼎三首 …………………………………………（15）

盍志學四首 ………………………………………（15）

陳草庵一首 ………………………………………（16）

劉敏中二首 ………………………………………（17）

滕賓一首 …………………………………………………（17）
李乘德載二首 …………………………………………（17）
胡祗遹一首 ……………………………………………（18）
盧摯八首 ………………………………………………（18）
珠簾秀一首 ……………………………………………（20）
姚燧二首 ………………………………………………（20）
馮子振三首 ……………………………………………（20）
貫雲石五首 ……………………………………………（21）
劉致二首 ………………………………………………（22）
喬吉三十首 ……………………………………………（23）
周文質二首 ……………………………………………（28）
趙善慶一首 ……………………………………………（29）
張可久四十二首 ………………………………………（29）
徐再思十三首 …………………………………………（37）
曹明善三首 ……………………………………………（39）
高克禮二首 ……………………………………………（40）
鍾嗣成二首 ……………………………………………（41）
張養浩四首 ……………………………………………（41）
劉庭信七首 ……………………………………………（42）
汪元亨七首 ……………………………………………（43）
周德清二首 ……………………………………………（44）
任昱一首 ………………………………………………（45）
李致遠三首 ……………………………………………（45）
馬九皋九首 ……………………………………………（46）
鄧玉賓二首 ……………………………………………（47）

查德卿十首 …………………………………………（48）
吳西逸四首 …………………………………………（49）
孫周卿三首 …………………………………………（50）
王元鼎一首 …………………………………………（51）
阿魯威一首 …………………………………………（51）
衛立中一首 …………………………………………（51）
李伯瞻一首 …………………………………………（52）
趙顯宏四首 …………………………………………（52）
景元啓一首 …………………………………………（53）
趙祐一首 ……………………………………………（53）
呂止軒一首 …………………………………………（54）
吳仁卿弘道二首 ……………………………………（54）
錢霖二首 ……………………………………………（54）
顧德潤一首 …………………………………………（55）
曾瑞一首 ……………………………………………（55）
楊朝英三首 …………………………………………（55）
劉燕歌一首 …………………………………………（56）
奧敦周卿一首 ………………………………………（56）
阿里西瑛二首 ………………………………………（56）
鮮于必仁二首 ………………………………………（57）
張子堅一首 …………………………………………（57）
馬謙齋一首 …………………………………………（58）
薛昂夫二首 …………………………………………（58）
嚴忠濟一首 …………………………………………（58）
無名氏三十五首 ……………………………………（59）

## 盪氣迴腸曲

### 上卷

| 曲牌 | 朝代 | 作者 | 頁 |
|---|---|---|---|
| 水仙子 | 元 | 徐再思 | (67) |
| 清江引 | 元 | 徐再思 | (67) |
| 一半兒 | 元 | 王　鼎 | (67) |
| 一半兒 | 元 | 陳克明 | (67) |
| 紅繡鞋 | 元 | 任　昱 | (67) |
| 落梅風 | 元 | 周文質 | (67) |
| 梧葉兒 | 元 | 無名氏 | (68) |
| 喜春來 | 元 | 無名氏 | (68) |
| 沉醉東風 | 元 | 無名氏 | (68) |
| 堯民歌 | 元 | 無名氏 | (68) |
| 塞鴻秋 | 元 | 無名氏 | (68) |
| 塞鴻秋 | 元 | 無名氏 | (68) |
| 寄生草 | 元 | 無名氏 | (69) |
| 叨叨令 | 元 | 無名氏 | (69) |
| 蟾宮曲 | 明 | 湯　式 | (69) |
| 落梅風 | 明 | 楊夫人 | (69) |
| 落梅風 | 明 | 楊夫人 | (69) |
| 河西六娘子 | 明 | 金　鑾 | (69) |
| 懶畫眉 | 明 | 梁辰魚 | (70) |
| 一江風 | 明 | 王驥德 | (70) |
| 清江引 | 明 | 施紹莘 | (70) |
| 阿姑令 | 明 | 無名氏 | (70) |

| | | |
|---|---|---|
| 胡十八 …………………… | 明 | 無名氏（70） |
| 朝天子 …………………… | 明 | 無名氏（70） |
| 拋紅豆 …………………… | 清 | 無名氏（71） |

中卷

| | | |
|---|---|---|
| 沉醉東風 ………………… | 元 | 關漢卿（71） |
| 叨叨令 …………………… | 元 | 白　樸（71） |
| 落梅風 …………………… | 元 | 馬致遠（71） |
| 塞鴻秋 …………………… | 元 | 貫雲石（71） |
| 紅繡鞋 …………………… | 元 | 貫雲石（72） |
| 壽陽曲 …………………… | 元 | 貫雲石（72） |
| 水仙子 …………………… | 元 | 喬　吉（72） |
| 折桂令 …………………… | 元 | 劉庭信（72） |
| 折桂令 …………………… | 元 | 劉庭信（72） |
| 折桂令 …………………… | 元 | 劉庭信（72） |
| 朱履曲 …………………… | 元 | 無名氏（73） |
| 滿庭芳 …………………… | 元 | 無名氏（73） |
| 錦法經 …………………… | 明 | 崔子一（73） |
| 月雲高 …………………… | 明 | 康　海（73） |
| 駐雲飛 …………………… | 明 | 楊夫人（73） |
| 落梅風 …………………… | 明 | 楊夫人（73） |
| 羅江怨 …………………… | 明 | 楊夫人（74） |
| 羅江怨 …………………… | 明 | 楊夫人（74） |
| 清江引 …………………… | 明 | 沈　仕（74） |
| 懶畫眉 …………………… | 明 | 沈　仕（74） |
| 月兒高 …………………… | 明 | 馮惟敏（74） |

| | | | |
|---|---|---|---|
| 蟾宮曲 …………………………………… | 明 | 馮惟敏 | （74） |
| 蟾宮曲 …………………………………… | 明 | 馮惟敏 | （75） |
| 蟾宮曲 …………………………………… | 明 | 馮惟敏 | （75） |
| 玉交枝 …………………………………… | 明 | 馮惟敏 | （75） |
| 集賢賓 …………………………………… | 明 | 馮惟敏 | （75） |
| 沉醉東風集諺語 ………………………… | 明 | 金　鑾 | （75） |
| 胡十八集諺語 …………………………… | 明 | 金　鑾 | （76） |
| 四季花 …………………………………… | 明 | 沈　璟 | （76） |
| 黃鶯兒 …………………………………… | 明 | 沈　璟 | （76） |
| 金梧桐 …………………………………… | 明 | 沈自晉 | （76） |
| 山坡羊 …………………………………… | 明 | 沈則平 | （76） |
| 山坡羊 …………………………………… | 明 | 梁辰魚 | （76） |
| 駐馬聽 …………………………………… | 明 | 梁辰魚 | （77） |
| 沉醉東風 ………………………………… | 明 | 鄭若庸 | （77） |
| 駐雲飛 …………………………………… | 明 | 陳　鐸 | （77） |
| 一江風 …………………………………… | 明 | 陳　鐸 | （77） |
| 駐雲飛 …………………………………… | 明 | 陳　鐸 | （77） |
| 鎖南枝 …………………………………… | 明 | 陳　鐸 | （77） |
| 鎖南枝 …………………………………… | 明 | 陳　鐸 | （78） |
| 二犯桂枝香 ……………………………… | 明 | 殷　都 | （78） |
| 醉羅歌 …………………………………… | 明 | 史　槃 | （78） |
| 一江風 …………………………………… | 明 | 王驥德 | （78） |
| 駐雲飛 …………………………………… | 明 | 施紹莘 | （78） |
| 山坡羊 …………………………………… | 明 | 施紹莘 | （78） |
| 懶畫眉 …………………………………… | 明 | 施紹莘 | （79） |

| 皂羅袍① | 明 | 呼文如（79） |
| 山坡羊 | 明 | 無名氏（79） |
| 梧葉兒 | 明 | 無名氏（79） |
| 駐雲飛 | 明 | 無名氏（79） |
| 皂羅袍 | 明 | 無名氏（80） |
| 紅衲襖 | 明 | 無名氏（80） |
| 紅衲襖 | 明 | 無名氏（80） |
| 紅衲襖 | 明 | 無名氏（80） |
| 一江風 | 明 | 無名氏（80） |
| 駐雲飛 | 明 | 無名氏（81） |
| 月中花 | 明 | 無名氏（81） |
| 雁兒落帶得勝令 | 明 | 無名氏（81） |
| 掛枝兒 | 明 | 無名氏（81） |
| 江兒水 | 清 | 湯傳楹（81） |
| 漁燈兒 | 清 | 楊恩壽（81） |
| 黃鶯兒 | 清 | 趙慶熺（82） |
| 清江引 | 清 | 無名氏（82） |
| 山坡羊 | 清 | 無名氏（82） |

下卷

| 落梅風 | 元 | 馬致遠（82） |
| 落梅風 | 元 | 馬致遠（82） |
| 落梅風 | 元 | 馬致遠（82） |

① 今校：據《盪氣迴腸曲勘誤表》，該曲前"江兒水（明馮夢龍）"應刪去，目次原缺，正文已刪。

| | | |
|---|---|---|
| 落梅風 | 元 | 馬致遠（83） |
| 天淨沙 | 元 | 呂止庵（83） |
| 雁兒落帶得勝令 | 元 | 高克禮（83） |
| 紅繡鞋 | 元 | 無名氏（83） |
| 紅繡鞋 | 元 | 無名氏（83） |
| 梧葉兒 | 元 | 無名氏（83） |
| 喜春來 | 元 | 無名氏（84） |
| 朝天子 | 明 | 楊　慎（84） |
| 紅繡鞋 | 明 | 楊夫人（84） |
| 紅繡鞋 | 明 | 楊夫人（84） |
| 集賢賓 | 明 | 馮惟敏（84） |
| 玉胞肚 | 明 | 馮惟敏（84） |
| 月兒高 | 明 | 馮惟敏（84） |
| 月兒高 | 明 | 馮惟敏（85） |
| 黃鶯兒 | 明 | 馮惟敏（85） |
| 鎖南枝 | 明 | 陳　鶴（85） |
| 鎖南枝集諺語 | 明 | 金　鑾（85） |
| 鎖南枝集諺語 | 明 | 金　鑾（85） |
| 山坡羊 | 明 | 唐　寅（86） |
| 風入松 | 明 | 陳　鐸（86） |
| 風入松 | 明 | 陳　鐸（86） |
| 鎖南枝 | 明 | 王驥德（86） |
| 玉胞肚 | 明 | 王驥德（86） |
| 駐雲飛 | 明 | 施紹莘（86） |
| 楚江情 | 明 | 施紹莘（86） |

| | | | |
|---|---|---|---|
| 玉胞肚 | …… | 明 | 施紹莘（87） |
| 步步嬌 | …… | 明 | 施紹莘（87） |
| 江兒水 | …… | 明 | 馮夢龍（87） |
| 玉胞肚 | …… | 明 | 馮夢龍（87） |
| 集賢賓 | …… | 明 | 方　氏（87） |
| 金落索 | …… | 明 | 無名氏（87） |
| 水仙子 | …… | 明 | 無名氏（88） |
| 羅江怨 | …… | 明 | 無名氏（88） |
| 兩頭蠻 | …… | 明 | 無名氏（88） |
| 雪裏梅 | …… | 明 | 無名氏（88） |
| 打棗兒 | …… | 明 | 無名氏（88） |
| 圈兒詞 | …… | 明 | 無名氏（88） |

### 外集

| | | | |
|---|---|---|---|
| 一半兒 | …… | 元 | 關漢卿（89） |
| 一半兒 | …… | 元 | 關漢卿（89） |
| 陽春曲 | …… | 元 | 白　樸（89） |
| 陽春曲 | …… | 元 | 白　樸（89） |
| 小桃紅 | …… | 元 | 喬　吉（89） |
| 小桃紅贈朱阿嬌 | …… | 元 | 喬　吉（89） |
| 天淨沙 | …… | 元 | 喬　吉（90） |
| 一半兒春困 | …… | 元 | 陳克明（90） |
| 一半兒春醉 | …… | 元 | 陳克明（90） |
| 天淨沙 | …… | 元 | 呂止庵（90） |
| 泥捏人 | …… | 元 | 管道昇（90） |
| 沉醉東風馬上美人 | …… | 元 | 無名氏（91） |

| | | |
|---|---|---|
| 紅繡鞋 | 元 | 無名氏（91） |
| 水仙子 | 元 | 無名氏（91） |
| 紅繡鞋 | 元 | 無名氏（91） |
| 紅繡鞋 | 元 | 無名氏（91） |
| 紅繡鞋 | 元 | 無名氏（91） |
| 喜春來 | 元 | 無名氏（92） |
| 醉太平 | 明 | 周憲王（92） |
| 懶畫眉春閨即事 | 明 | 沈　仕（92） |
| 懶畫眉 | 明 | 沈　仕（92） |
| 胡十八 | 明 | 陳　鐸（92） |
| 胡十八 | 明 | 陳　鐸（92） |
| 胡十八集諺語 | 明 | 金　鑾（93） |
| 掛枝兒 | 明 | 劉效祖（93） |
| 玉胞肚春郊邂逅 | 明 | 梁辰魚（93） |
| 玉胞肚吳宮詞 | 明 | 梁辰魚（93） |
| 駐雲飛 | 明 | 梁辰魚（93） |
| 集賢賓 | 明 | 曹大章（93） |
| 步步嬌憶虞氏小姬 | 明 | 王驥德（94） |
| 皂羅袍同上 | 明 | 王驥德（94） |
| 江兒水 | 明 | 施紹莘（94） |
| 皂羅袍贈董夜來 | 明 | 施紹莘（94） |
| 鎖南枝① | 明 | 兩峰主人（94） |

---

① 今校：據《盪氣迴腸曲勘誤表》，删除"鎖南枝"前"黄鶯兒睡醒（明施紹莘）"和后"黄鶯兒（明蘄州妓）"兩曲目次和正文。

| 羅江怨夢合 | 明 無名氏 | （94） |
| 二犯滴滴金夢合 | 明 無名氏 | （95） |
| 香轉南枝 | 明 無名氏 | （95） |
| 一半兒 | 清 鄒 樞 | （95） |
| 一半兒 | 清 鄒 樞 | （95） |
| 一半兒 | 清 鄒 樞 | （95） |
| 一半兒 | 清 鄒 樞 | （96） |
| 一半兒 | 清 鄒 樞 | （96） |
| 懶畫眉①籤詞 | 清 趙慶熺 | （96） |
| 清江引 | 清 無名氏 | （96） |
| 百媚嬌 | 清 無名氏 | （96） |
| 可人曲 | 清 無名氏 | （96） |
| 拋紅豆 | 清 無名氏 | （96） |
| 一半兒 | 清 無名氏 | （97） |
| 一半兒 | 清 無名氏 | （97） |

## 北曲拾遺

### 套曲

〔仙呂〕點絳唇　登高有感金陵景 …………（101）

〔正宮〕端正好　雍熙樂府題大打圍射雕 ………（102）

〔商調〕集賢賓　王舜耕述懷而作 ……………（104）

夜行船　和馬東籬韻 ……………………（106）

---

① 今校：據《盪氣迴腸曲勘誤表》，刪除該曲後"一半兒（清馮雲鵬）"曲題和正文。

村裏迓鼓 ……………………………………………… (107)

〔商調〕集賢賓　元夜春情寓京師作 ……………… (108)

〔仙吕〕點絳唇　俏書生斷酒色財氣　酒 ………… (109)

〔正宮〕端正好　俏書生斷酒色財氣　色 ………… (111)

〔中吕〕粉蝶兒　俏書生斷酒色財氣　財 ………… (113)

〔雙調〕新水令　俏書生斷酒色財氣　氣 ………… (116)

〔雙調〕錦上花　春景 ………………………………… (117)

〔南吕〕一枝花 ………………………………………… (120)

金殿喜重重 …………………………………………… (120)

〔仙吕〕點絳唇　劉晨阮肇誤入天台 ……………… (122)

〔仙吕〕點絳唇 ………………………………………… (124)

〔南吕〕一枝花 ………………………………………… (126)

〔南吕〕一枝花 ………………………………………… (126)

〔雙調〕五供養　十七換頭　虎頭牌 ……………… (127)

〔南吕〕一枝花 ………………………………………… (129)

〔黃鍾〕醉花陰　慶壽 ………………………………… (130)

〔正宮〕端正好 ………………………………………… (131)

〔雙調〕新水令　春景 ………………………………… (134)

〔雙調〕新水令　賞燈 ………………………………… (135)

〔南吕〕一枝花 ………………………………………… (136)

〔南吕〕一枝花 ………………………………………… (137)

罵玉郎 ………………………………………………… (137)

〔南吕〕罵玉郎　詠妓 ………………………………… (138)

小令

水仙子　六首 ………………………………………… (139)

朝天子　壽　二首 …………………………………………（140）

出隊子　十首 ……………………………………………（140）

折桂令　壽楊儀部 ……………………………洗　塵（141）

折桂令　嘆世 ……………………………………………（142）

水仙子　慶壽　二首 ……………………………………（142）

沽美酒　二首 ……………………………………………（142）

對玉環帶過清江引　南峰遣懷　四首 …………………（143）

牡丹春　嘆世　四首 ……………………………………（143）

阿姑令　四首 ……………………………………………（143）

雁兒落帶過得勝令　五首 ………………………………（144）

秋江送客　二首 …………………………………………（145）

沽美酒　二首 ……………………………………………（145）

皂旗兒　九首 ……………………………………………（145）

### 楊升庵夫婦散曲

《楊升庵夫婦散曲》弁言 ………………………………（148）

《陶情樂府》序 …………………………………………（151）

《陶情樂府》序 …………………………………………（152）

### 陶情樂府卷一　套數

〔仙呂〕點絳唇　夫人詞題作送滇南作 ………………（153）

〔南呂〕一枝花　上元 …………………………………（154）

〔仙呂〕八聲甘州　詠月 ………………………………（154）

〔中呂〕粉蝶兒 …………………………………………（155）

### 陶情樂府卷二　重頭

清江引　留別安甯諸友　八首 …………………………（156）

駐馬聽　和王舜卿舟行四詠 …………………………………（157）

羅江怨　四首 ……………………………………………………（158）

黃鶯兒　雨中遣懷　四首 ………………………………………（158）

寨兒令　四首 ……………………………………………………（159）

對玉環帶過清江引　風花雪月　四首 …………………………（159）

慶宣和　四首 ……………………………………………………（160）

醉高歌　四首 ……………………………………………………（160）

落梅花　四首 ……………………………………………………（160）

黃鶯兒　道情　四首 ……………………………………………（160）

調笑白話　纂括澤民詞　八首 …………………………………（161）

黃鶯兒　與李翰林分詠風花雪月二首 …………………………（162）

清江引　康良卿席上和對山先輩韻，是日上元　四首 ………（163）

玉嬌枝　四首 ……………………………………………………（163）

## 陶情樂府卷三　重頭

駐馬聽　再遊寶珠寺　四首 ……………………………………（164）

風入松　小遊仙　四首 …………………………………………（164）

黃鶯兒　閑情　四首 ……………………………………………（165）

美櫻桃　四首 ……………………………………………………（165）

金衣公子　五闋，爲張愈光題五號　五首 ……………………（166）

又　四闋爲禹同山人張愈光壽　四首 …………………………（166）

駐馬聽　五首　再爲愈光賦 ……………………………………（166）

折桂令　道情　四首 ……………………………………………（167）

玉抱肚　詠柳　六首 ……………………………………………（167）

傍妝臺　四首 ……………………………………………………（168）

又　四首 …………………………………………………………（168）

折桂令　二首　寄同時謫戍二公 …………………………… (169)

撥不斷　二首 ……………………………………………………… (169)

水仙子　二首 ……………………………………………………… (169)

七犯玲瓏　四首　改舊詞 ………………………………………… (169)

### 陶情樂府卷四　小令

折桂令　華清宮 …………………………………………………… (170)

又　別程以道 ……………………………………………………… (171)

水仙子 ……………………………………………………………… (171)

黃鶯兒 ……………………………………………………………… (171)

駐馬聽 ……………………………………………………………… (171)

對玉環帶過清江引 ………………………………………………… (171)

一封書 ……………………………………………………………… (172)

醉太平 ……………………………………………………………… (172)

黃鶯兒 ……………………………………………………………… (172)

折桂令 ……………………………………………………………… (172)

普天樂　別張愈光 ………………………………………………… (172)

小桃紅 ……………………………………………………………… (172)

黃鶯兒　與沐太華遊蓮池 ………………………………………… (173)

黃鶯兒　春夕 ……………………………………………………… (173)

折桂令 ……………………………………………………………… (173)

又　偶見 …………………………………………………………… (173)

又　改雲林古曲 …………………………………………………… (173)

慶東原　改古詞 …………………………………………………… (173)

水仙子 ……………………………………………………………… (174)

折桂令　高巇夕眺 ………………………………………………… (174)

清江引 …………………………………………………（174）

金衣公子　李菊亭攜妓夜過 ……………………（174）

醉太平　春雨 ……………………………………（174）

折桂令 ……………………………………………（174）

又　升翁枉寄前詞，奉此以答 …………………（175）

清江引　附次韵二首 ……………………………（175）

一封書　粉席送別，附次韵二首 ………………（175）

陶情樂府拾遺　套數

〔南呂〕一枝花　贈妓明時秀 …………………（176）

〔商調〕二郎神　暮冬閨怨 ……………………（176）

〔正宮〕刷子序犯　詠燕 ………………………（177）

〔仙呂入雙調〕曉行序　吳宮弔古 ……………（178）

又　題牡丹 ………………………………………（178）

〔黃鐘〕畫眉序　題月 …………………………（179）

折桂令　贈美妓 …………………………………（180）

朝天子　恨思 ……………………………………（180）

黃鶯兒　秋夕憶別 ………………………………（180）

駐雲飛　寄帕 ……………………………………（180）

朝天子　美姬繡鞋 ………………………………（180）

松下樂　清課 ……………………………………（181）

楊夫人曲卷一　套數

〔商調〕二郎神 …………………………………（181）

〔南呂〕一枝花 …………………………………（182）

〔仙呂〕點絳唇 …………………………………（182）

〔越調〕鬥鵪鶉 …………………………………（184）

〔仙吕〕點絳唇　維揚風月 …………………………………………（184）

### 楊夫人曲卷二　重頭

駐雲飛　足古詩四首 …………………………………………（186）

憑闌人　足古四首 ……………………………………………（186）

一半兒　四首 …………………………………………………（187）

折桂令　四首 …………………………………………………（187）

梧葉兒　四首 …………………………………………………（188）

柳搖金　嘲四首 ………………………………………………（188）

落梅花　四首 …………………………………………………（188）

駐馬聽　四首 …………………………………………………（189）

風入松　四首 …………………………………………………（189）

折桂令　二首 …………………………………………………（190）

紅繡鞋　二首 …………………………………………………（190）

清江引　二首 …………………………………………………（190）

天淨沙　二首 …………………………………………………（190）

折桂令　二首 …………………………………………………（191）

風入松　二首 …………………………………………………（191）

黃鶯兒　二首 …………………………………………………（191）

駐雲飛　二首 …………………………………………………（191）

### 楊夫人曲卷三　小令

寨兒令 …………………………………………………………（192）

沉醉東風 ………………………………………………………（192）

皂羅袍 …………………………………………………………（192）

捲簾雁兒落 ……………………………………………………（192）

紅繡鞋 …………………………………………………………（192）

雁兒落帶得勝令 …………………………………… (193)
朝天令 …………………………………………… (193)
清江引 …………………………………………… (193)
巫山一段雲 ……………………………………… (193)
罵玉郎帶過感皇恩採茶歌　仕女圖 …………… (193)
水仙子帶過折桂令 ……………………………… (194)

# 元曲三百首

# 序

　　昔吳公子札觀周樂，聞大雅，曰："曲而有直體。"頌，則曰："曲而不屈。"前嘗假直、不屈二義，論有元之曲。夫唐詩宋詞元曲，自時代言之者，各有其所勝。然詩必雅正，詞善達要眇之情，曲則莊諧並陳，包涵恢廣。自體製言之，亦各有其專至，不相侔也。惟詩在唐後，一再演變，雖曰未窮，塗徑之鑿闢殆盡。若詞隨宋亡而亡，形體徒存，不復能別開異境。獨曲未造極，世稱元曲，顧曲實匪元所能盡耳。往在南都，中敏有《元曲三百首》之輯，蓋踵蘅塘退士之於唐詩，彊村翁之於宋詞而爲者。時元曲傳本，僅有楊朝英二選，與天一閣藏《樂府群玉》；諸家別集，及樂府新聲，尚未得見；故卷中所錄，頗不稱，或二三首，或十數首，而張可久多至七十二首。選錄初畢，殊未自愜。今年，前從閩海還渝城，居北碚山館，纂全元曲二百二十八卷成，因取中敏舊選，略加刪定，去南都始訂茲編且十七年矣。而今日之世，爲五千年來所未曾睹，凡百舊文，何足狀當前情事萬一！描影繢聲，惟酣暢淋灕，直不屈之曲體，其庶幾乎。是涵泳無妨元曲之中，而取材必在元曲之外。元曲三百首者，聊備體格，供來者之覘索而已。

民國三十二年"雙十節"盧前

## 伯顏一首

### 喜春來

金魚玉帶羅襴扣,皂蓋朱幡列五侯。山河判斷在俺筆尖頭,得意秋,分破帝王憂。

## 張九元帥一首

### 喜春來

金裝寶劍藏龍口,玉帶紅絨掛虎頭。綠楊影裏驟驊騮,得志秋,名滿鳳凰樓。(蔣一葵云,師才相量,各言其志。)

## 元好問一首

### 驟雨打新荷

人生百年有幾,念良辰美景,一夢初過。窮通前定,何用苦張羅。命友邀賓翫賞,對芳尊淺酌低歌。且酩酊,任它兩輪日月,來往如梭。

# 王惲一首

## 小桃紅
### 平湖樂十之一

採菱人語隔秋烟,波靜如橫練。入手風光莫流轉,共留連,畫船一笑春風面。江山信美非吾土,問何日是歸年。

# 倪瓚三首

## 人月圓

傷心莫問前朝事,重上越王臺。鷓鴣啼處,東風草綠,殘照花開。悵然孤嘯,青山故國,喬木蒼苔。當時明月,依依素影,何處飛來。

## 折桂令
### 擬張鳴善

草茫茫秦漢陵闕,世代興亡,却便似月影圓缺。山人家堆案圖書,當窗松桂,滿地薇蕨。侯門深何須刺謁,白雲自可怡悅。到如今世事難說,天地間不見一個英雄,不見一個豪傑。

## 憑闌人
### 贈吳國良

客有吳郎吹洞簫,明月沈江春霧曉。湘靈不可招,水雲中環珮搖。

## 虞集一首

### 折桂令
#### 三國蜀漢事

鸞輿三顧茅廬，漢祚難扶，日暮桑榆。深渡南瀘，長驅西蜀，力拒東吳。美乎周瑜妙術，悲夫關羽云殂。天數盈虛，造物乘除，問汝何如，笑賦歸歟。

## 張鳴善一首

### 水仙子

鋪眉苫眼早三公，裸袖揎拳享萬鍾，胡言亂語成時用。大綱來都是哄，說英雄誰是英雄。五眼雞岐山鳴鳳，兩頭蛇南陽臥龍，三脚貓渭水飛熊。

## 孟昉一首

### 天淨沙
#### 七月

星依雲渚濺濺，露零玉液涓涓，寶砌衰蘭剪剪。碧天如練，光搖北斗闌干。

# 關漢卿六首

## 沈醉東風

伴夜月銀箏鳳閑,暖東風繡被鴛慳。信沉了魚,書絕了雁,盼雕鞍萬水千山。本利對相思若不還,只告與那能索債愁眉淚眼。

## 碧玉簫

盼斷歸期,劃損短金篦。一捻腰圍,寬褪素羅衣。知他是甚病疾,好教人沒理會。揀口兒食,陡恁的無滋味。醫,越恁的難調理。

## 大德歌

風飄飄,雨蕭蕭,便做陳摶也睡不著。懊惱傷懷抱,撲簌簌淚點兒拋。秋蟬兒噪罷寒蛩兒叫,淅零零細雨灑芭蕉。

## 四塊玉
### 閑適

舊酒沒,新醅潑,老瓦盆邊笑呵呵,共山僧野叟閑吟和。他出一對雞,我出一個鵝,閑快活。

南畝耕,東山臥,世態人情經歷多,閑將往事思量過。賢的是他,愚的是我,爭甚麼。

## 四塊玉
### 別情

自送別,心難捨,一點相思幾時絕,憑闌袖拂楊花雪。溪又斜,山又遮,人去也。

# 白樸六首

## 慶東原

忘憂草，含笑花，勸君聞早冠宜掛。那裏也能言陸賈，那裏也良謀子牙，那裏也豪氣張華。千古是非心，一夕漁樵話。

## 駐馬聽
### 舞

鳳髻盤空，婀娜腰枝温更柔。輕移蓮步，漢宫飛燕舊風流。謾催鼉鼓品梁州，鷓鴣飛起春羅袖。錦纏頭，劉郎錯認風前柳。

## 寄生草
### 引

長醉後方何礙，不醒時有甚思。糟醃兩個功名字，醅渰千古興亡事，麯埋萬丈虹霓志。不達時皆笑屈原非，但知音盡説陶潛是。

## 沉醉東風
### 漁父詞

黄蘆岸白蘋渡口，緑楊隄紅蓼灘頭。雖無刎頸交，却有忘機友。點秋江白鷺沙鷗，傲殺人間萬户侯，不識字的烟波釣叟。

## 醉中天
### 佳人黑痣

疑是楊妃在，怎脱馬嵬災。曾與明皇捧硯來，美臉風流殺。叵奈揮毫李白，覷著嬌態，灑松烟點破桃腮。

### 一半兒

雲鬢霧鬟勝堆鴉,淺露金蓮蕀絳紗。不比等閑牆外花,罵你個俏冤家,一半兒難當一半兒耍。

# 馬致遠三十二首[①]

## 水仙子
### 和盧疏齋西湖

春風驕馬五陵兒,暖日西湖三月時,管弦觸水鶯花市。不知音不到此,宜歌宜酒宜詩。山過雨顰眉黛,柳拖烟堆鬢絲,可戲殺睡足的西施。

## 撥不斷

嘆寒儒,慢讀書,讀書須索題橋柱。題柱雖乘駟馬車,乘車誰買長門賦。且看了長安回去。

## 撥不斷

菊花開,正歸來,伴虎溪僧鶴林友龍山客,似杜工部陶淵明李太白,有洞庭柑東陽酒西湖蟹。呀,楚三閭休怪。

## 撥不斷

酒杯深,故人心,相逢且莫推辭飲。君若歌時我慢斟,屈原清死由他恁。醉和醒爭甚。

---

① 今校:實三十一首。

## 落梅風
### 遠浦歸帆

夕陽下，酒斾閑，兩三航未曾著岸。落花水香茅舍晚，斷橋頭賣魚人散。

## 落梅風

心間事，説與他，動不動早言兩罷。罷字兒磣可可你道是耍，我心裏怕那不怕。

## 落梅風

人初静，月正明，紗窗外玉梅斜映。梅花笑人偏弄影，月沉時一般孤另。

## 落梅風

實心兒待，休做謊話兒猜，不信道爲伊曾害。害時節有誰曾見來，瞞不過主腰羅帶。

## 落梅風

薔薇露，荷葉雨，菊花霜冷香庭户。梅梢月斜人影孤，恨薄情四時辜負。

## 落梅風

因他害，染病疾，相識每勸咱是好意。相識每若知咱就裏，和相識也一般憔悴。

## 小桃紅
### 春

畫堂春暖繡幃重，寶篆香微動。此外虛名要何用，醉鄉中，東風喚醒梨花夢。主人愛客，尋常迎送，鸚鵡在金籠。

## 金字經

絮飛飄白雪，鲊香荷葉風，且向江頭作釣翁。窮，男兒未濟中。風波夢，一場幻化中。

## 金字經

夜來西風裏，九天鵬鶚飛，困煞中原一布衣。悲，故人知未知。登樓意，恨無上天梯。

## 折桂令
### 嘆世

咸陽百二山河，兩字功名，幾陣干戈。項廢東吳，劉興西蜀，夢說南柯。韓信功兀的般證果，蒯通言那裏是風魔。成也蕭何，敗也蕭何，醉了由他。

## 撥不斷

布衣中，問英雄，王圖霸業成何用。禾黍高低六代宮，楸梧遠近千家塚。一場惡夢。

## 撥不斷

莫獨狂，禍難防，尋思樂毅非良將。直將齊邦掃地亡，火牛一戰幾乎喪。趕人休趕上。

## 慶東原
### 嘆世

明月閑旌旆，秋風助鼓鼙，帳前滴盡英雄淚。楚歌四起，烏騅漫嘶，虞美人兮。不如醉還醒醒而醉。

## 清江引
**野興二首**

樵夫覺來山月低，釣叟來尋覓。你把柴斧拋，我把漁船棄，尋取個穩便處閑坐地。

綠蓑衣紫羅袍誰爲你，兩件兒都無濟。便作釣魚人，也在風波裏，則不如尋取個穩便處閑坐地。

## 清江引

林泉隱居誰到此，有客清風至。會作山中相，不管人間事，爭甚麽半張名利紙。

## 清江引

西村日長人事少，一個新蟬噪。恰待葵花開，又早蜂兒鬧，高枕上夢隨蝶去了。

## 四塊玉

酒旋沽，魚新買，滿眼雲山畫圖開，清風明月還詩債。本是個懶散人，又無經濟才，歸去來。

## 四塊玉
**天台路**

採藥童，乘鸞客，怨感劉郎下天台，春風再到人何在。桃花又不見開，命薄的窮秀才，誰教你回去來。

## 四塊玉
**馬嵬坡**

睡海棠，春將晚，恨不得明皇掌中看，霓裳便是中原患。不因這玉環,引起那禄山,怎知蜀道難。

## 四塊玉
### 洞庭湖

畫不成,西施女,他本傾城却傾吳,高哉范蠡乘舟去。那裏是泛五湖,若綸竿不釣魚,便索他學楚大夫。

## 四塊玉
### 臨邛市

美貌娘,名家子,白駕著個私奔坐車兒,漢相如來做文章士。愛他那一操兒琴,共他那兩句兒詩,便是改嫁時。

## 四塊玉
### 嘆世三首

帶野花,攜村酒,煩惱如何到心頭,誰能躍馬常食肉。二頃田,一具牛,飽後休。

佐國心,拿雲手,命裏無時莫剛求,隨時過遣休生受。幾葉棉,一片綢,暖後休。

帶月行,披星走,孤館寒食故鄉秋,妻兒胖了咱消瘦。枕上憂,馬上愁,死後休。

## 天淨沙

枯藤老樹昏鴉,小橋流水平沙,古道西風瘦馬。夕陽西下,斷腸人在天涯。

## 撥不斷

立峰巒,脱簪冠,夕陽倒影松陰亂。太液澄虛月影寬,海風汗漫雲霞斷。醉眠時小童休喚。

## 王伯成一首

### 喜春來

多情去後香留枕,好夢回時冷透衾。悶愁山重海來深,獨自寢,夜雨百年心。

## 王德信實甫二首

### 山坡羊
#### 春睡

雲鬆螺髻,香溫鴛被,掩春閨一覺傷春睡。柳花飛,小瓊姬,一片聲雪下呈祥瑞,把團圓夢兒生喚起。誰,不做美,呸,却是你。

### 十二月堯民歌
#### 別情

自別後遙山隱隱,更那堪遠水粼粼。見楊柳飛綿滾滾,對桃花醉臉醺醺。透內閣香風陣陣,掩重門暮雨紛紛。　怕黃昏不覺又黃昏,不銷魂怎地不銷魂。新啼痕壓舊啼痕,斷腸人憶斷腸人。今春,香肌瘦幾分,摟帶寬三寸。

## 楊果二首

### 小桃紅
#### 採蓮女

　　採蓮人和採蓮歌，柳外蘭舟過。不管鴛鴦夢驚破，夜如何，有人獨上江樓臥。傷心莫唱，南朝舊曲，司馬淚痕多。

　　採蓮湖上掉船迴，風約湘裙翠。一曲琵琶數行淚，望君歸，芙蓉開盡無消息。晚涼多少，紅鴛白鷺，何處不雙飛。

## 劉秉忠三首

### 乾荷葉

　　乾荷葉，色蒼蒼，老柄風搖蕩。減清香，越添黃。都因昨夜一場霜，寂寞在秋江上。

### 乾荷葉

　　乾荷葉，色無多，不耐風霜剉。貼秋波，倒枝柯。宮娃齊唱採蓮歌，夢裏繁華過。

### 乾荷葉

　　南高峰，北高峰，慘淡烟霞洞。宋高宗，一場空。吳山依舊酒旗風，兩度江南夢。

## 王鼎三首[①]

### 醉中天
#### 大蝴蝶

彈破莊周夢,兩翅駕東風。三百座名園一採一個空,難道是風流孽種。嚇殺尋芳的蜜蜂,輕輕搧動,把賣花人搧過橋東。

### 一半兒
#### 題情

鴉翎般水鬢似刀裁,小顆顆芙蓉花額兒窄。待不梳妝怕娘左猜,不免插金釵,一半兒鬅鬆一半兒歪。

### 一半兒

別來寬褪縷金衣,粉悴烟憔減玉肌。淚點兒只除衫袖知,盼佳期,一半兒纔乾一半兒濕。

## 盍志學四首

### 小桃紅
#### 西園秋暮

玉簪金菊露凝秋,釀出西園秀。烟柳新來爲誰瘦,暢風流,醉歸不

---

[①] 今校:一作王和卿。隋樹森《全元散曲》謂:"今人或以和卿即汴梁通許縣伊王鼎,恐未必確。"

記黃昏後。小糟細酒，錦堂晴晝，拚却再扶頭。

### 小桃紅
#### 江岸水燈

萬家燈火鬧春橋，十里光相照。舞鳳翔鸞勢絕妙，可憐宵，波間湧出蓬萊島。香烟亂飄，笙歌喧鬧，飛上玉樓腰。

### 小桃紅
#### 客船夜期

綠雲冉冉鎖清灣，香徹東西岸。客課今年九年辦，厮追攀，渡頭買得新魚雁。杯盤不乾，歡欣無限，忘了大家難。

### 小桃紅
#### 雜詠

杏花開張不曾晴，敗盡遊人興。紅雪飛來滿芳徑，問春鶯，春鶯無語風方定。小蠻有情，夜涼人靜，唱徹醉翁亭。

## 陳草庵一首

### 山坡羊

晨雞初叫，昏鴉爭噪，那個不去紅塵鬧。路迢迢，水迢迢。功名盡在長安道，今日少年明日老。山，依舊好，人，憔悴了。

## 刘敏中二首

### 黑漆弩
#### 村居遣兴

高巾阔领深村住,不识我唤作偺父。掩白沙翠竹柴门,听彻秋来夜雨。么闲将得失思量,往事水流东去。便直教画却凌烟,甚是功名了处。

### 又

吾庐恰近江鸥住,更几个好事农父。对青山枕上诗成,一阵沙头风雨。么酒旗只隔横塘,自过小桥沽去。尽疏狂不怕人嫌,是我生平喜处。

## 滕宾一首

### 普天乐

叹光阴,如流水,区区终日,枉用心机。辞是非,绝名利,笔砚诗书为活计,乐虀盐稚子山妻。茅舍数间,田园二顷,归去来兮。

## 李乘德载二首

### 喜春来
#### 赠茶肆十之二

茶烟一缕轻轻飏,搅动兰膏四座香。烹煎妙手赛维扬,非是谎,下馬試來嘗。

金尊滿勸羊羔酒,不似靈芽泛玉甌。聲名喧滿岳陽樓,誇妙手,博士便風流。

# 胡祗遹一首

## 沉醉東風

漁得漁心滿願足,樵得樵眼笑眉舒。一個罷了釣竿,一個收了斤斧。林泉下偶然相遇,是兩個不識字漁樵士大夫,他兩個笑伽伽的談今論古。

# 盧摯八首

## 節節高
### 題洞庭慶角廟壁

雨晴雲散,滿江明月,風微浪息,扁舟一葉。半夜心,三更夢,萬里別,悶倚篷窗睡些。

## 金字經
### 宿邯鄲驛

夢中邯鄲道,又來走這遭,須不是山人索價高。時自嘲,虛名無處逃。誰驚覺,曉霜侵鬢毛。

## 殿前歡

酒杯濃,一葫蘆春色醉疏翁,一葫蘆酒壓花梢重。隨我奚童,葫蘆乾興不窮。誰人共，一帶青山送。乘風列子，列子乘風。

## 落梅風
### 別珠簾秀

纔歡悅，早間別，痛煞俺好難割捨。畫船兒載將春去也，空留下半江明月。

## 黑漆弩
### 晚泊采石磯，歌田不伐黑漆弩，因次其韻

湘南長憶崧南住，只怕失約了巢父。艤歸舟喚醒湖光，聽我篷窗春雨。么故人傾倒襟期，我亦載愁東去。記朝來黯別江濱，又弭櫂蛾眉晚處。

## 沉醉東風
### 秋景

掛絕壁松梢倒倚，落殘霞孤鶩齊飛。四圍不盡山，一望無窮水，散西風滿天秋意。夜靜雲帆月影低，載我在瀟湘畫裏。

## 沉醉東風
### 閑居

恰離了綠水青山那搭，早來到竹籬茅舍人家。野花路畔開，村酒糟頭榨，直吃的欠欠答答。醉了山童不勸咱，白頭上黃花亂插。

## 沉醉東風
### 重九

題紅葉清流御溝，賣黃花人醉歌樓。天長雁影稀，月落山容瘦，冷清清暮秋時候。衰柳寒蟬一片愁，誰肯教白衣送酒。

## 珠簾秀一首

### 落梅風
#### 答疏齋

山無數,烟萬縷,憔悴煞玉堂人物。倚篷窗一身兒活受苦,恨不得隨大江東去。


## 姚燧二首

### 憑闌人
#### 寄征衣

欲寄君衣君不還,不寄君衣君又寒。寄與不寄間,妾身千萬難。

### 陽春曲

筆頭風月時時過,眼底兒曹漸漸多。有人問我事如何,人海闊,無日不風波。


## 馮子振三首

### 鸚鵡曲

白無咎有《鸚鵡曲》云:"儂家鸚鵡洲邊住,是個不識字漁父。浪花中一葉扁舟,睡煞江南烟雨。覺來時滿眼青山,抖擻綠蓑歸去。算從前錯怨天公，甚也有安排我處。"余壬寅歲留上京，有北京伶婦御園秀之屬，相從風雪中，恨此曲無屬之者，且謂前後多親炙士大夫，拘於韻度，如一個"父"字便難下語，又"甚也有安排我處"，"甚"字必須去聲字，"我"字必須上聲字，音律始諧，不然不可歌，此一節又難下語。諸公舉酒索余和之，以汴吴上都天京風景試續之。

嵯峨峰頂移家住，是個不唧溜漁父。爛柯時樹老無花，葉葉枝枝風雨。故人曾喚我歸來，却道不如休去。指門前萬疊雲山，是不費青蚨買處。山亭逸興

江湖難比山林住，種果父勝刺漁父。看春花又看秋花，不管顛狂風雨。盡人間白浪滔天，我自醉歌眠去。到中流手脚忙時，只靠着柴扉深處。感事

春歸不戀風光住，向老拙問訊槎父。嘆荏苒李白飄零，寂寞長安花雨。指滄溟鐵網珊瑚，袖捲釣竿西去。錦袍空醉墨淋灕，是萬古聲名響處。野客

# 貫雲石五首

## 落梅風

新秋至，人乍別，順長江水流殘月。悠悠畫船東去也，這思量起頭兒一夜。

## 紅繡鞋

挨著靠著雲窗同坐，看著笑著月枕雙歌，聽著數著怕著愁著早四更過。四更過情未足，情未足夜如梭。天哪，更閏一更妨甚麼？

## 殿前歡

暢幽哉,春風無處不樓臺。一時懷抱俱無奈,總對天開。就淵明歸去來,怕鶴怨山禽怪,問甚功名在。酸齋笑我,我笑酸齋。

怕西風,晚來吹上廣寒宮。玉臺不放香奩夢,正要情濃。此時心造物同,聽甚霓裳弄,酒後黃鶴送。山翁醉我,我醉山翁。

## 塞鴻秋
### 代人作

戰西風遙天幾點賓鴻至,感起我南朝千古傷心事。展花箋欲寫幾句知心事,空教我停霜毫半晌無才思。往常得興時,一掃無瑕疵,今日個病懨懨剛寫下兩個相思字。

# 劉致二首

## 山坡羊
### 燕城述懷

雲山有意,軒裳無計,被西風吹斷功名淚。去來兮,再休提,青山儘解招人醉,得失到頭皆物理。得,他命裏,失,咱命裏。

## 山坡羊
### 西湖醉歌次郭振卿韻

朝朝瓊樹,家家朱戶,驕嘶過沽酒樓前路。貴何如,賤何如,六橋都是經行處,花落水流深院宇。閑,天定許,忙,人自取。

# 喬吉三十首

## 水仙子
### 游越福王府

笙歌夢斷蒺藜沙，羅綺香餘野菜花，亂雲老樹夕陽下。燕休尋王謝家，恨興亡怒煞鳴蛙。鋪錦池埋荒甃，流杯亭堆破瓦，何處也繁華。

## 水仙子
### 賦李仁仲懶慢齋

鬭排場經過樂回閑，勤政堂辭別撒會懶，急喉嚨倒喚學些慢。掇梯兒休上竿，夢魂中識破邯鄲。昨日強如今日，這番險似那番，君不見鳥倦知還。

## 水仙子
### 嘲少年

紙糊鍬輕吉列柱折尖，肉臕膠乾支剌有甚粘，醋葫蘆嘴古邦佯裝欠。接梢兒雖是諂，抱牛腰只怕傷廉。性兒神羊也似善，口兒蜜鉢也似甜，火塊兒也似情忺。

## 水仙子
### 展轉秋思京門賦

瑣窗風雨古今情，夢繞雲山十二層，香銷燭暗人初定。酒醒時愁未醒，三般兒挨不到天明。巆地羅幃静，森地鴛被冷，忽地心疼。

## 水仙子
### 尋梅

冬前冬後幾村莊，溪北溪南兩履霜，樹頭樹底孤山上。冷風來何處香，忽相逢緇袂絹裳。酒醒寒驚夢，笛悽春斷腸，淡月昏黃。

## 水仙子
### 暮春即事

風吹絲雨噀窗紗，苔和酥泥葬落花，捲雲鈎月簾初掛。玉釵香徑滑，燕藏春銜向誰家。鶯老羞尋伴，蜂寒懶報衙，啼殺饑鴉。

## 水仙子
### 爲友人作

攪柔腸離恨病相兼，重聚首佳期卦怎占，豫章城開了座相思店。悶勾肆兒逐兒添，愁行貨頓塌在眉尖。稅錢比茶船上欠，斤兩去等秤上掂，喫緊的歷册般拘鈐。

## 水仙子
### 怨風情

眼前花怎得接連枝，眉上鎖新教配鑰匙，描筆兒勾銷了傷春事。悶葫蘆鉸斷綫兒，錦鴛鴦別對了個雄雌。野蜂兒難尋覓，蠍虎兒乾害死，蠶蛹兒別罷了相思。

## 水仙子
### 詠雪

冷無香柳絮撲將來，凍成片梨花拂不開，大灰泥漫不了三千界。銀稜了東大海，探梅的心禁難捱。麵甕兒裏袁安舍，鹽罐兒裏黨尉宅，粉缸兒裏舞榭歌臺。

## 水仙子
### 嘲楚儀

順毛兒撲撒翠鸞雛，暖水兒溫存比目魚，碎甄兒壘就陽臺路。望朝雲思暮雨，楚巫娥偷取些工夫。殢酒人歸未，停歌月上初，今夜何如。

## 水仙子
### 樂清蕭臺

枕蒼龍雲卧品清蕭，跨白鹿春酣醉碧桃，喚青猿夜拆燒丹竈。二千年瓊樹老，飛來海上仙鶴。紗巾岸天風細，玉笙吹山月高，誰識王喬。

## 折桂令
### 寄遠

怎生來寬掩了裙兒，爲玉削肌膚，香褪腰肢。飯不沾匙，睡如翻餅，氣若游絲。得受用遮莫害死，果誠實有甚推辭。乾鬧了多時，本是結髮的歡娛，倒做了徹骨兒相思。

## 折桂令
### 贈羅真真

羅浮夢裏真仙，雙鎖螺鬟，九暈珠鈿。晴柳纖柔，春葱細膩，秋藕勻圓。酒盞兒裏央及出些膲腆，畫幀兒上喚下來的嬋娟。試問尊前，月落參橫，今夕何年。

## 折桂令
### 七夕贈歌者二曲

崔徽休寫丹青，雨弱雲嬌，水秀山明。筋點歌脣，葱枝纖手，好個卿卿。水灑不著春妝整整，風吹的倒玉立亭亭。淺醉微醒，誰伴雲屏，今夜新涼，卧看雙星。

黃四娘沽酒當壚，一片青旗，一曲驪珠。滴露和雲，添花補柳，梳洗工夫。無半點閑愁去處,問三生醉夢何如。笑倩誰扶,又被春織,攪住吟鬚。

### 折桂令
#### 雨窗寄劉夢鸞赴讌侑尊

妬韶華風雨瀟瀟,管月犯南箕,水滿天瓢。濕金縷鶯裳,紅膏燕嘴,黃粉蜂腰。梨花夢龍綃淚今春瘦了,海棠魂羯鼓聲昨夜驚著。極目江皋,錦澀行雲,香暗歸潮。

### 折桂令
#### 丙子遊越懷古

蓬萊老樹蒼雲,禾黍高低,狐兔紛紜。半折殘碑,空餘故址,總是黃塵。東晉亡也再難尋個右軍,西施去也絕不見甚佳人。海氣長昏,啼鴃聲乾,天地無聲。

### 殿前歡
#### 登江山第一樓

拍蘭干,霧花吹鬢海風寒。浩歌驚得浮雲散,細數青山。指蓬萊一望間,紗巾岸,鶴背騎來慣。舉頭長嘯,直上天壇。

### 清江引
#### 笑靨兒

鳳酥不將腮斗兒勻,巧倩含嬌俊。紅鐫玉有痕,暖嵌花生暈,渦兒粉香都是春。

### 賣花聲
#### 悟世

肝腸百煉爐間鐵,富貴三更枕上蝶,功名兩字酒中蛇。尖風薄雪,殘杯冷炙,掩青燈竹籬茅舍。

## 朝天子
### 小娃琵琶

暖烘,醉容,逼匝的芳心動。雛鶯聲在小簾櫳,喚醒花前夢。指甲纖柔,眉頭輕縱,和相思曲未終。玉葱,翠峰,嬌怯琵琶重。

## 山坡羊
### 寓興

鵬搏九萬,腰纏十萬,揚州鶴背騎來慣。事間關,景闌珊,黃金不富英雄漢,一片世情天地間。白,也是眼,青,也是眼。

## 山坡羊
### 冬日寓懷二曲

朝三暮四,昨非今是,癡兒不解榮枯事。攢家私,寵花枝,黃金壯起荒淫志,千百錠買張招狀紙。身,已至此,心,猶未死。

冬寒前後,雪晴時候,誰人相伴梅花瘦。釣鼇舟,纜汀洲,綠蓑不耐風霜透,投至有魚來上鈎。風,吹破頭,霜,破皺手。

## 小桃紅
### 贈朱阿嬌

鬱金香染海棠絲,雲膩宮鴉翅,翠黶眉兒畫心字。喜孜孜,司空休作尋常事。尊前但得,身邊服侍,誰敢想那些兒。

## 小桃紅
### 春閨怨

玉樓風颭杏花衫,嬌怯春寒賺,酒病十朝九朝嵌。瘦巖巖,愁濃難補眉兒淡。香消翠減,雨昏烟暗,芳草遍江南。

## 小桃紅
### 紹興于侯索賦

晝長無事薄書閑,未午衙先散,一郡居民二十萬。報平安,秋糧夏稅咄嗟兒辦。執花紋象簡,憑琴堂書案,日日看青山。

## 小桃紅
### 曉妝

紺雲分翠攏香絲,玉綫界宮鴉翅,露冷薔薇曉初試。淡勻脂,金篦膩點蘭烟紙。含嬌意思,殢人須是,親手畫眉兒。

## 憑闌人
### 金陵道中

瘦馬馱詩天一涯,倦鳥呼愁村數家。撲頭飛柳花,與人添鬢華。

## 天淨沙
### 即事

鶯鶯燕燕春春,花花柳柳真真,事事風風韻韻。嬌嬌嫩嫩,停停當當人人。

# 周文質二首

## 落梅風

鸞鳳配,鶯燕約,感蕭娘肯憐才貌。除琴劍又別無珍共寶,只一片至誠心要也不要。

## 落梅風

樓臺小,風味佳,動新愁雨初風乍。知不知對春思念他,倚闌干海棠花下。


# 趙善慶一首

## 沉醉東風
### 秋月湘陰道中

山對面藍堆翠岫,草齊腰綠染沙洲。傲霜橘柚青,濯雨蒹葭秀,隔滄波隱隱江樓。點破瀟湘萬頃柳,是幾葉兒傳黃敗柳。


# 張可久四十二首①

## 水仙子
### 次韻

蠅頭老子五千言,鶴背揚州十萬錢,白雲兩袖吟魂健。賦莊生秋水篇,布袍寬風月無邊。名不上瓊林殿,夢不到金谷園,海上神仙。

## 水仙子
### 山齋小集

玉笙吹老碧桃花,石鼎烹來紫筍芽,山齋看了黃荃畫。荼蘼香滿把,自然不尚奢華。醉李白名千載,富陶朱能幾家,貧不了詩酒生涯。

---

① 今校:實四十首。

## 水仙子
### 樂閑

鐵衣披雪紫金關,綵筆題花白玉闌,漁舟棹月黃蘆岸。幾般兒君試揀,立功名只不如閑。李翰林身何在,許將軍血未乾,播高風千古嚴灘。

## 水仙子
### 歸興

淡文章不到紫薇郎,小根脚難登白玉堂,遠功名却怕黃茅瘴。老來也思故鄉,想途中夢感魂傷。雲莽莽馮公嶺,浪淘淘揚子江,水遠山長。

## 折桂令
### 九日

對青山強整烏紗,歸雁橫秋,倦客思家。翠袖殷勤,金杯錯落,玉手琵琶。人老去西風白髮,蝶愁來明日黃花。回首天涯,一抹斜陽,數點寒鴉。

## 折桂令
### 次酸齋韻

倚蘭干不盡興亡,數九點齊州,八景湘江。弔古詞香,招仙笛響,引興杯長。遠樹雲烟渺茫,空山雪月蒼涼。白鶴雙雙,劍客昂昂,錦語琅琅。

## 滿庭芳
### 客中九日

乾坤俯仰,賢愚醉醒,今古興亡。劍花寒夜坐歸心壯,又是他鄉。九日明朝酒香,一年好景橙黃。龍山上,西風樹響,吹老鬢毛霜。

## 普天樂
### 秋懷

爲誰忙，莫非命，西風驛馬，落月書燈。青天蜀道難，紅葉吳江冷。兩字功名頻看鏡，不饒人白髮星星。釣魚子陵，思蓴季鷹，笑我飄零。

## 塞兒令
### 次韻

你見麼，我愁他，青門幾年不種瓜。世味嚼蠟，塵事團沙，聚散樹頭鴉。自休官清煞陶家，爲調羹俗了梅花。飲一杯金谷酒，分七椀玉川茶。嗏，不強如坐三日縣官衙。

## 殿前歡
### 次酸齋韻二首

釣魚臺，十年不上野鷗猜。白雲來往青山在，對酒開懷。欠伊周濟世才，犯劉阮貪杯戒，還李杜吟詩債。酸齋笑我，我笑酸齋。

喚歸來，西湖山上野猿哀。二十年多少風流怪，花落花開。望雲霄拜將臺，袖星斗安邦策，破烟月迷魂寨。酸齋笑我，我笑酸齋。

## 殿前歡
### 離思

月籠沙，十年心事付琵琶。相思懶看幃屏畫，人在天涯。春殘荳蔻花，情寄鴛鴦帕，香冷荼蘼架。舊遊臺榭，曉夢窗紗。

## 殿前歡
### 客中

望長安，前程渺渺鬢斑斑。南來北往隨征雁，行路艱難。青泥小劍關，紅葉溫江岸，白草連雲棧。功名半紙，風雪千山。

## 清江引
### 春思

黃鶯亂啼門外柳，雨細清明後。能消幾日春，又是相思瘦，梨花小窗人病酒。

## 清江引
### 春晚

平安信來剛半紙，幾對鴛鴦字。花開望遠行，玉減傷春事，東風草堂飛燕子。

## 小桃紅
### 寄鑑湖諸友

一城秋雨豆花涼，閒倚平山望，不似年時鑑湖上。錦雲香，採蓮人語荷花蕩。西風雁行，清溪漁唱，吹恨入滄浪。

## 朝天子
### 山中雜書

醉餘，草書，李願盤谷序。青山一片范寬圖，怪我來何暮。鶴骨清癯，蝸殼蓬廬，得安閒心自足。蹇驢，酒壺，風雪梅花路。

## 朝天子
### 湖上

瘦杯，玉醅，夢冷蘆花被。風清月白總相宜，樂在其中矣。壽過顏回，飽似伯夷，閒如越范蠡。問誰，是非，且向西湖醉。

## 朝天子
### 閨情

與誰,畫眉,猜破風流謎。銅駝巷裏玉驄嘶,夜半歸來醉。小意收拾,怪膽矜持,不識羞誰似你。自知理虧,燈下和衣睡。

## 紅繡鞋
### 春日湖上

綠樹當門酒肆,紅妝映水鬟兒,眼底殷勤座間詩。塵埃三五字,楊柳萬千絲,記年時曾到此。

## 紅繡鞋
### 湖上

無是無非心事,不寒不暖花時,妝點西湖似西施。控青絲玉面馬,歌金縷粉團兒,信人生行樂耳。

## 紅繡鞋
### 天台瀑布寺

鳴玉佩淩烟圖畫,樂雲村投老生涯,少年誰識故侯家。青蛇昏寶劍,團錦碎袍花,飛龍閒厩馬。

## 沉醉東風
### 秋夜旅思

二十五點秋更鼓聲,千三百里水館郵程。青山去路長,紅樹西風冷,百年人半紙虛名。得似璩源閣上僧,午睡足梅窗日影。

## 天淨沙
### 魯卿庵中

青苔古木蕭蕭,蒼雲秋水迢迢,紅葉山齋小小。有誰曾到,探梅人過溪橋。

## 慶東原
### 次馬致遠先輩韻

詩情放,劍氣豪,英雄不把窮通較。江中斬蛟,雲間射雕,席上揮毫。他得志笑閒人,他失腳閒人笑。

## 醉太平
### 失題

人皆嫌命窘,誰不見錢親,水晶環入麵糊盆,才沾粘便滾。文章糊了盛錢囤,門庭改做迷魂陣,清廉貶入睡餛飩,葫蘆提到穩。

## 迎仙客
### 括山道中

雲冉冉,草纖纖,誰家隱居山畔崦。水烟寒,溪路險,半幅青簾,五里桃花店。

## 憑闌人
### 暮春即事

小玉闌干月半掐,嫩綠池塘春幾家。鳥啼芳樹丫,燕銜黃柳花。

## 憑闌人
### 江夜

江水澄澄江月明,江上何人摺玉箏。隔江和淚聽,滿江長嘆聲。

## 落梅風
### 春晚

東風景,西子湖,濕冥冥柳烟花霧。黃鶯亂啼蝴蝶舞,幾秋千打將春去。

## 一半兒
### 秋日宮詞

花邊嬌月靜妝樓,葉底滄波冷翠溝,池上好風間御舟。可憐秋,一半兒芙蓉一半兒柳。

## 梧葉兒
### 感舊

肘後黃金印,尊前白玉卮,躍馬少年時。巧手穿楊葉,新聲付柳枝,信筆和梅詩。誰換却何郎鬢絲。

## 小涼州
### 失題

篷窗風急雨絲絲,笑撚吟髭。淮揚西望路何之,鱗鴻至,把酒問篙師。迎頭便說兵戈事,風流再莫追思。塌了酒樓,焚了茶肆。柳營花市,更呼甚燕子鶯兒。

## 金字經
### 感興

野唱敲牛角,大功懸虎頭,一劍能成萬戶候。愁,黃沙白髑髏。成名後,五湖尋釣舟。

## 金字經
### 樂閒

百年渾似醉,滿懷都是春,高臥東山一片雲。嗔,是非拂面塵。消磨盡,古今無限人。

## 塞鴻秋
### 春情

疏星淡月秋千院,愁雲恨雨芙蓉面。傷心燕足留紅綫,惱人鸞影間團扇。獸爐沉水烟,翠沼殘花片,一行行寫入相思傳。

## 慶宣和
### 毛氏池亭

雲影天光乍有無,老樹扶疏。萬柄高荷小西湖,聽雨,聽雨。

## 賣花聲
### 懷古

美人自刎烏江岸,戰火曾燒赤壁山,將軍空老玉門關。傷心秦漢,生民塗炭,讀書人一聲長嘆。

## 賣花聲
### 客況

十年落魄江濱客,幾度雷轟薦福碑,男兒未遇氣傷懷。憶淮陰年少,滅楚爲帥,氣昂昂漢壇三拜。

## 漢東山
### 述感

紅妝間翠娥,羅綺列笙歌。重重金玉多,受用也末哥。二鬼無常上門呵,怎地躲。索共他,見閻羅。

# 徐再思十三首

## 折桂令
### 春情

平生不會相思,才會相思,便害相思。身似浮雲,心如飛絮,氣若游絲。空一縷餘香在此,盼千金遊子何之。證候來時,正是何時,燈半昏時,月半明時。

## 殿前歡
### 觀音山眠松

老蒼松,避乖高臥此山中。歲寒心不肯爲梁棟,翠蜿蜒俯仰相從。秦皇舊日封,靖節何年種,丁固當時夢。半溪明月,一枕清風。

## 水仙子

一聲梧葉一聲秋,一點芭蕉一點愁,三更歸夢三更後。落燈花,棋未收,嘆新豐孤館人留。枕上十年事,江南二老憂,都到心頭。

## 水仙子
### 紅指甲

落花飛上筍牙尖,宮葉猶將冰節粘,抵牙關越顯得櫻唇艷。怕傷春不捲簾,捧菱花香印妝奩。雪藕絲霞十縷,鏤棗斑血半點,搯劉郎春在纖纖。

## 水仙子
### 馬嵬坡

翠花香冷夢初醒,黃壤春深草自青,羽林兵拱聽將軍令。擁鸞輿蜀道行,妾雖亡天子還京。昭陽殿梨花月色,建章宮梧桐雨聲,馬嵬坡塵土虛名。

## 清江引
### 相思

相思有如少債的,每日相催逼。常挑着一擔愁,準不了三分利,這本錢見他時才算得。

## 憑闌人
### 春情

髻擁春雲鬆玉釵,眉淡秋山羞鏡臺。海棠開未開,粉郎來未來。

## 陽春曲
### 贈海棠

玉環夢斷風流事,銀燭歌成富貴詞。東風一樹玉胭脂,雙燕子,曾見正開時。

## 朝天子
### 西湖

裏湖,外湖,無處是無春處。真山真水真畫圖,一片玲瓏玉。宜酒宜詩,宜晴宜雨,銷金窩錦繡窟。老蘇,老逋,楊柳隄梅花墓。

## 梧葉兒
### 釣臺

龍虎昭陽殿,冰霜函谷關,風月富春山。不受千鍾禄,重歸七里灘,贏得一身閑。高似他雲臺將壇。

## 梧葉兒
### 散步

山色投西去,羈情望北遊,湍水向東流。雞犬三家店,陂塘五月秋,風雨一帆舟。聚車馬關津渡口。

## 梧葉兒
### 春思二首

芳草思南浦,行雲夢楚陽,流水恨瀟湘。花底春鶯燕,釵頭金鳳凰,被面繡鴛鴦。是幾等兒眠思夢想。

鴉鬢春雲嚲,象梳秋月欹,鸞鏡曉妝遲。香漬青螺黛,盒開紅水犀,釵點紫玻璃。只等待風流畫眉。

# 曹明善三首

## 喜春來
### 和則明韻二首

春雲巧似山翁帽,古柳橫為獨木橋。風微塵軟落紅飄,沙岸好,草色上羅袍。

春來南國花如繡,雨過西湖水似油。小瀛洲外小紅樓,人病酒,料自下簾鈎。

## 三棒鼓聲頻
### 題淵明醉歸圖

先生醉也,童子扶者,有詩便寫,無酒重賒。山聲野調欲唱些,俗事休說。問青天借得松間月,陪伴今夜。長安此時春夢熱,多少豪傑。明朝鏡中頭似雪,烏帽難遮。星般大縣兒難棄捨,晚入廬山社。比及眉未攢,腰已折,遲了也去官陶靖節。

# 高克禮二首

## 雁兒落帶得勝令

尋致爭不致爭,既言定先言定。論至誠俺至誠,你薄倖誰薄倖。豈不聞三尺有神明,忘義多應當罪名,海神廟現有他爲證。似王魁負桂英,磣可可海誓山盟。繡帶裏難逃命,裙刀上更自刑,活取了個年少書生。

## 黃薔薇帶慶元貞
### 天寶遺事

又不曾看生見長,便這般割肚牽腸。喚奶奶酩子裏賜賞,撮醋醋孩兒也弄璋。斷送他瀟瀟鞍馬出咸陽,只因他重重恩愛在昭陽,引惹得紛紛戈戟鬧漁陽。呀,三郎睡海棠,都只爲一曲舞霓裳。

## 鍾嗣成二首

### 罵玉郎帶過皇恩採茶歌
#### 恨別

風流得遇鸞鳳配,恰比翼便分飛,緑雲易散琉璃脆。設揣地釵股折,厮琅地寶鏡虧,撲通地銀瓶墜。 香冷金愁,燭暗羅幃。支刺地攪斷離腸,撲速地淹殘淚眼,吃搭地鎖定愁眉。 天高雁杳,月皎烏飛。暫別離,且寧耐,好將息。你心知,我誠實。有心誰怕隔年期,去後須憑燈報喜,來時常聽馬頻嘶。

### 淩波曲
#### 弔陳以仁

錢塘風物盡飄零,賴有斯人尚老成。爲朝元恐負虛皇命,鳳簫寒鶴夢驚,駕天風直上蓬瀛。芝堂靜,蕙帳清,照虛梁落月空明。

## 張養浩四首

### 紅繡鞋
#### 警世二首

轡上馬齊聲兒喝道,只這的便是那送了人的根苗,直引到深坑裏恰心焦。禍來也何處躲,天怒也怎生饒,把舊來時威風不見了。

正膠漆當思勇退,到參商纔說歸期,只恐范蠡張良笑人癡。腆著胸登要路,睜著眼履危機,直到那其間誰救你。

## 山坡羊
### 潼關懷古

峰巒如聚,波濤如怒,山河表裏潼關路。望西都,意踟躕,傷心秦漢經行處,宮闕萬間都做了土。興,百姓苦,亡,百姓苦。

## 慶東原

鶴立花邊玉,鶯鳴樹杪弦,喜沙鷗也解相留戀。一個衝開錦川,一個啼殘翠烟,一個飛上青天。詩句欲成時,滿地雲撩亂。

# 劉庭信七首

## 醉太平

泥金小簡,白玉連環,牽情惹恨兩三番,好光陰等閒。景闌珊繡簾風軟楊花散,淚闌干綠窗雨灑梨花綻,錦爛斑香閨春老杏花殘,耐薄情未還。

## 塞鴻秋
### 悔悟

蘇卿寫下金山恨,雙生得個風流信。亞仙不是夫人分,元和終受十年困。馮魁到底村,雙漸從來嫩,思量惟有王魁俊。

## 寨兒令
### 戒漂蕩二首

沒算當,不斟量,舒着樂心鑽套項。今日東牆,明日西廂,着你當不過連珠箭急三鎗。鼻回裏抹上些砂糖,舌尖上送與些丁香。假若你是銅脊梁,者莫你是鐵肩膀,也擦磨成風月擔兒瘡。

搭扶定,推磨杆,尋思了兩三番。把郎君幾曾是人也似看,只爭不背上馱鞍，口內銜環，肚項上把套頭拴。咫尺的月缺花殘，滴溜着枕冷衾寒。早回頭尋個破綻，沒忽的得些空閑，荒撇下風月擔兒赸。

## 折桂令

想人生最苦是離別，三個字細細分開，淒淒涼涼無了無歇。別字兒半晌癡呆，離字兒一時拆散，苦字兒兩下裏堆疊。他那裏鞍兒馬兒身子兒劣怯，我這裏眉兒眼兒臉腦兒刁斜。側着頭叫一聲行者，攔着淚説一句聽者，得官時先報期程，丟丟抹抹遠遠迎接。

## 折桂令

想人生最苦別離，不甫能喜喜歡歡，翻做了哭哭啼啼。事到今朝，休言去後，且問歸期。看時節勤勤的飲食，沿路上好好的將息。嬌滴滴一捻兒年紀，磣磕磕兩下裏分飛，急煎煎盼不見雕鞍，呆笑孩軟弱身己。

## 折桂令

想人生最苦離別，雁杳魚沉，信斷音絕。嬌模樣其實丟抹，好時光誰曾受用，窮家活逐日絣拽。過了一百五日上墳的日月，早來到二十四夜祭灶的時節。篤篤寞寞終歲巴結，孤孤另另徹夜咨嗟，歡歡喜喜盼的他回來，淒淒涼涼老了人也。

# 汪元亨七首

## 醉太平
### 歸隱四首

辭龍樓鳳闕，納象簡烏靴，棟梁材取次盡摧折，況竹頭木屑。結知心朋友著疼熱，遇忘懷詩酒追歡悦，見傷情光景放癡呆，老先生醉也。

憎蒼蠅競血，惡黑蟻爭穴，急流中勇退是豪傑，不因循苟且。嘆烏衣一旦非王謝，怕青山兩岸分吳越，厭紅塵萬丈混龍蛇，老先生去也。

源流頭俊傑，骨髓裏驕奢，折垂楊幾度贈離別，少年心未歇。吞繡鞋撐的咽喉裂，擲金錢趄的身軀扭，騙粉牆掂的腿脡折，老先生害也。

度流光電掣，轉浮世風車，不歸來到大是癡呆，添鏡中白雪。天時涼撚指天熱，花枝開回首花枝謝，日頭高貶眼日頭斜，老先生悟也。

### 沉醉東風

糶陳稻新春細米，採生蔬熟做酸虀。鳳棲殺鳳莫飛，龍臥死虎休起。不爲官那場伶俐，槿樹花鑽繡短籬，倒勝似門排畫戟。

### 折桂令

二十年塵土征衫，鐵馬金戈，火鼠冰蠶。心不狂謀，言無妄發，事已多諳。黑似漆前程黯黯，白如霜衰鬢鬖鬖。氣化難參，譎詐難甘，冷笑淵明，高訪圖南。

### 朝天子

榮華夢一場，功名紙半張，是非海波千丈。馬蹄踏碎禁街霜，聽幾度頭雞唱。塵土衣冠，江湖心量，出皇家麟鳳網。慕夷齊首陽，嘆韓彭未央，早納紙風魔狀。

# 周德清二首

## 紅繡鞋
### 春晚

鞭挑斜月明金鞴，花壓春風短帽簷。誰家簾影玉纖纖，粘翠靨，消息露眉尖。

### 喜春來
#### 別情

月兒初上鵝黃柳，燕子先歸翡翠樓，梅魂休暖鳳香篝。人去後，鴛被冷堆愁。

## 任昱一首

### 紅繡鞋
#### 春情

暗朱箔雨寒風峭，試羅衣玉減香銷，落花時節怨良宵。銀臺燈影淡，繡枕淚痕交，團圓春夢少。

## 李致遠三首

### 紅繡鞋
#### 晚秋

夢斷陳王羅襪，情傷學士琵琶，又見西風換年華。數杯添淚酒，幾點送秋花，行人天一涯。

### 天淨沙
#### 春閨

畫樓徙倚闌干，粉雲吹做修鬟，璧月低懸玉灣。落花懶慢，羅衣特地春寒。

## 小桃紅
### 碧桃

穠華不喜污天真,玉瘦東風困,漢闕佳人足風韻。唾成痕,翠裙翦翦瓊肌嫩。高情厭春,玉容含恨,不賺武陵人。

# 馬九皋九首

## 水仙子

歲年無事傍江湖,醉倒黃公舊酒壚。人間縱有傷心處,也不到劉伶墳上土,醉鄉中不辨賢愚。對風流人物,看江山畫圖,不醉倒何如。

## 殿前歡

撚冰髭,繞孤山枉了費尋思。自逋仙去後無高士,冷落幽姿。梅花不要詩,休說推敲字,效殺顰難似。知他是西施笑我,我笑西施。

## 殿前歡

醉歸來,袖春風下馬笑盈腮。笙歌接到朱簾外,夜宴重開。十年前一秀才,黃虀菜,打熬做文章伯。施展出江湖氣概,抖擻出風月情懷。

## 山坡羊

驚人學業,掀天動地,是英雄成敗殘杯炙。鬢堪嗟,雪難遮,晚來攬鏡中腸熱,問著老天無話說。東,沉醉也,西,沉醉也。

## 山坡羊

大江東去，長安西去，爲功名走遍天涯路。厭舟車，喜琴書，早星星鬢影瓜田暮，心待足時名便足。高，高處苦，低，低處苦。

## 塞鴻秋
### 淩敲臺懷古

淩敲臺畔黃山鋪，是三千歌舞無家處。望夫山下烏江渡，教八千子弟思鄉去。江東日暮雲，渭北春天樹，青山太白墳如故。

## 慶東原
### 西皋亭適興

興爲催租敗，歡因送酒來，酒醒時詩興依然在。黃花又開，朱顏未衰，正好忘懷。管甚有監州，不可無螃蟹。

## 山坡羊
### 西湖雜詠

山光如澱，湖光如練，一步一個生綃面。叩逋仙，訪坡仙，揀西湖好處都遊遍，管甚月明歸路遠。船，休放轉，杯，休放淺。

晴雲輕漾，薰風無浪，開尊避暑争相向。映湖光，逞新妝，笙歌鼎沸南湖蕩，今夜且休回畫舫。風，滿座涼，蓮，入夢香。

# 鄧玉賓二首

## 叨叨令
### 道情

一個空皮囊包裹著千重氣，一個乾骷髏頂戴著十分罪。爲兒女使盡了拖刀計，爲家私費盡了擔山力。你省的也麼哥，你省的也麼哥，這一個長生道理何人會。

### 雁兒落帶得勝令
#### 閒適

乾坤一轉凡，日月雙飛箭。浮生夢一場，世事雲千變。萬里玉門關，七里釣魚灘。曉日長安近，秋風蜀道難。休干，誤殺英雄漢。看看，星星兩鬢斑。

# 查德卿十首

### 寄生草
#### 感世

姜太公賤賣了磻溪岸，韓元帥命博得拜將壇。羨傅說守定岩前版，嘆寧戚吃了桑間飯，勸豫讓吐出喉中炭。如今淩烟閣一層一個鬼門關，長安道一步一個連雲棧。

### 寄生草
#### 間別

姻緣簿剪做鞋樣，比翼鳥搏了翅翰。火燒殘連理枝成炭，針簽瞎比目魚兒眼，手揉散並蒂蓮花瓣。擲金釵擷斷鳳凰頭，繞池塘挼碎鴛鴦彈。

### 一半兒
#### 擬美人八詠

梨花雲繞錦香亭，蝴蝶春融軟玉屏。花外鳥啼三四聲，夢初驚，一

半兒昏迷一半兒醒。春夢

　　瑣窗人靜日初曛，寶鼎香消火尚溫。斜倚繡床深閉門，眼昏昏，一半兒微開一半兒盹。春困

　　自將楊柳品題人，笑撚花枝比較春。輸與海棠三四分，再偷勻，一半兒胭脂一半兒粉。春妝

　　厭聽野雀語雕簷，怕見楊花撲繡簾。穿起繡針還倒拈，兩眉尖，一半兒微舒一半兒斂。春愁

　　海棠紅暈潤初妍，楊柳纖腰舞自偏。笑倚玉奴嬌欲眠，粉郎前，一半兒支吾一半兒軟。春醉

　　綠窗時有唾絨粘，銀甲頻將綠線撏。繡到鳳凰心自嫌，按春纖，一半兒端相一半兒掩。春繡

　　柳綿撲檻晚風輕，花影橫窗淡月明。翠被麝蘭薰夢醒，最關情，一半兒溫馨一半兒冷。春夜

　　自調花露染霜毫，一種春心無處托。欲寫又停三四遭，絮叨叨，一半兒連真一半兒草。春情

# 吳西逸四首

### 殿前歡

　　懶雲巢，碧天無際雁行高。玉簫鶴背青松道，樂笑遊遨。溪翁解冷談嘲，山鬼放挪揄笑，村婦唱糊涂調。風濤險我，我險風濤。

### 殿前歡

　　懶雲凹，按行松菊訊桑麻。聲名不在淵明下，冷淡生涯。味偏長鳳髓茶，夢已隨蝴蝶化，身不入麒麟畫。鶯花厭我，我厭鶯花。

## 雁兒落帶過得勝令

春花聞杜鵑，秋月看歸燕。人情薄似雲，風景疾如箭。留下買花錢，趲入種桑園。茅蓋三間廈，秧肥數頃田。床邊放一冊冷淡淵明傳，窗前鈔幾首清新杜甫篇。

## 梧葉兒
### 春情

香隨夢，肌褪雪，錦字記離別。春去情難再，更長愁易結。花外月兒斜，淹粉淚微微睡些。

# 孫周卿三首

## 水仙子
### 山居自樂

朝吟暮醉兩相宜，花落花開總不知，虛名嚼破無滋味。比閑人惹是非，淡家私付與山妻。水碓裏春來米，山莊上綻了雞，事事休提。

## 沉醉東風
### 宮詞二首

雙拂黛停分翠羽，一窩雲半吐犀梳。寶靨香，羅襦素，海棠嬌睡起誰扶。腸斷春風倦繡圖，生怕見紗窗唾縷。

花月下溫柔醉人，錦堂中笑語生春。眼底情，心間恨，倒多如楚雨巫雲。門掩黃昏月半痕，手抵著牙兒自哂。

## 王元鼎一首

### 醉太平
#### 寒食

聲聲啼乳鴉,生叫破韶華,夜深微雨潤隄沙,香風萬家。畫樓洗淨鴛鴦瓦,綵繩半濕秋千架,覺來紅日上窗紗,聽街頭賣杏花。

## 阿魯威一首

### 落梅風

千年態,一旦空,惟有紙錢灰晚風吹送。儘蜀鵑啼血烟樹中,喚不回一場春夢。

## 衞立中一首

### 殿前歡

碧雲深,碧雲深處路難尋。數椽茅屋和雲賃,雲在松陰。掛雲和有八尺琴,臥苔石將雲根枕。折梅蕊把雲梢沁。雲心無我,雲我無心。

## 李伯瞻一首

### 殿前歡
**省悟**

去來兮,黃雞啄黍正秋肥。尋常老瓦盆邊醉,不記東西。教山童替說知,權伏罪,老弟兄行都申意。今朝溷擾,來日回席。

## 趙顯宏四首

### 晝夜樂
**冬**

風送梅花過小橋,飄飄飄飄地亂舞瓊瑤。水面上流將去了,覷絕似落英無消耗。似那人水遠山遙,怎不焦。今日明朝,今日明朝,又不見他來到。

### 殿前歡
**閑居二首**

去來兮,東林春盡蕨芽肥。回頭那顧名和利,付與希夷。下長生不死棋,養三寸元陽氣,落一覺渾淪睡。鶯花過眼,鷗鷺忘機。

去來兮,桃花流水鱖魚肥。山蔬野菜偏滋味,旋潑新醅。胡尋些東與西,拚了個醒而醉,不管他天和地。盆乾甕竭,方許逃席。

### 殿前歡
#### 歌者楚雲

楚雲閑，任他孤雁叫蒼寒。去留舒卷無心慣，聚散之間。趁西風出遠山，隨急水流深澗，爲暮雨迷霄漢。陽臺事已，秦嶺飛還。

# 景元啓一首

### 殿前歡
#### 梅花

月如牙，早庭前疏影印窗紗。逃禪老筆應難畫，別樣清佳。據胡床再看咱，山妻罵，爲甚情牽掛。大都來梅花是我，我是梅花。

# 趙祐一首

### 折桂令

長江浩浩東來，水面雲山，山上樓臺。山水相輝，樓臺相映，天地安排。詩句就雲山動色，酒杯傾天地忘懷。醉眼睜開，遙望蓬萊，一半烟遮，一半雲埋。

## 吕止軒一首

### 醉扶歸

頻去教人講,不去自家忙。若得相思海上方,不道得害這些閑磨障。你笑我眠思夢想,只不打倒你頭直上。

## 吴仁卿弘道二首

### 撥不斷

泛仙槎,寄生涯,長江萬里秋風駕。稚子和烟煮嫩茶,老妻帶月炰新鮓,醉時閑話。利名無,宦情疏,彭澤升斗微官禄。蠹魚食殘架上書,曉霜荒盡籬邊菊,罷官歸去。

## 錢霖二首

### 清江引

夢回晝長簾半卷,門掩荼䕷院。蛛絲掛柳綿,燕嘴粘花片,啼鶯一聲春去遠。

恩情已隨紈扇歇,攢到愁時節。梧葉一聲秋,砧杵萬家月,多的是幾聲兒簷外鐵。

## 顧德潤一首

### 醉高歌

長江遠映青山，回首難窮望眼。扁舟來往蒹葭岸，烟鎖雲林又晚。

## 曾瑞一首

### 醉太平

相邀士夫，笑引奚奴，擁金門外過西湖，寫新詩弔古。蘇堤堤上尋芳樹，斷橋橋畔沽醽醁，孤山山下醉林逋，灑梨花暮雨。

## 楊朝英三首

### 水仙子
#### 自況

杏花村裏舊生涯，瘦竹疏梅處士家，深耕淺種收成罷。酒新蒭魚旋打，有雞豚竹筍藤花。客到家常飯，僧來谷雨茶，閒時節自煉丹砂。

### 清江引

秋深最好是楓樹葉，染透猩猩血。風釀楚天秋，霜浸吳江月，明日落紅多去也。

### 梧葉兒

簷頭溜,窗外聲,直響到天明。滴得人心碎,聒得人夢怎成。夜雨好無情,不道我愁人怕聽。

## 劉燕歌一首

### 太常引

故人別我出陽關,無計鎖雕鞍。今古別離難,蹙損了蛾眉遠山。一尊別酒,一聲杜宇,寂寞又春殘。明月小樓間,第一夜相思淚彈。

## 奧敦周卿一首

### 折桂令

西湖烟水茫茫,百頃風潭,十里荷香。宜雨宜晴,宜西施淡抹濃妝。尾尾相銜畫舫,儘歡聲無日不笙簧。春暖花香,歲稔時康,真乃上有天堂,下有蘇杭。

## 阿里西瑛二首

### 殿前歡
懶雲窩自敘

懶雲窩,醒時詩酒醉時歌。瑤琴不理拋書臥,儘自磨陀。想人生待則麽,富貴似花開落,不落如何。呵呵笑我,我笑呵呵。

懶雲窩,客至待如何。懶雲窩裏和衣臥,儘自婆娑。想人生待則麽,貴比我高些個,富比我淦些個。呵呵笑我,我笑呵呵。

# 鮮于必仁二首

## 寨兒令

漢子陵,晉淵明,二人到今香汗青。釣叟誰稱,農夫誰名,去就一般輕。五柳莊月朗風清,七里灘浪穩潮平。折腰時心已愧,伸腳處夢先驚聽,千萬古聖賢評。

## 折桂令
### 諸葛武侯

草廬當日樓桑,任虎戰中原,龍臥南陽。八陣圖成,三分國峙,萬古鷹揚。出師表謀謨廟堂,梁父吟感嘆巖廊。成敗難量,五丈秋風,落日蒼茫。

# 張子堅一首

## 得勝令

宴罷恰初更,擺列着玉娉婷。錦衣搭白馬,紗籠照道行。齊聲,唱的是阿納忽時令。酒且休斟,俺待據銀鞍馬上聽。

## 馬謙齋一首

### 寨兒令
#### 嘆世

手自搓，劍頻磨，古來丈夫天下多。青鏡摩挲，白首蹉跎，失志困衡窩。有聲名誰識廉頗，廣才學不用蕭何。忙忙的逃海濱，急急的隱山阿，今日個平地起風波。

## 薛昂夫二首

### 楚天遙帶過清江引

屈指數春來，彈指驚春去。蛛絲網落花，也要留春住。幾日喜春晴，幾日愁春雨。六曲小山屏，題滿傷春句。春若有情應解語，問着無憑據。　江東日暮雲，渭北春天樹，不知那搭兒是春住處。

有意送春歸，無計留春住。明年又著來，何似休歸去。桃花也解愁，點點飄紅雨。目斷楚天遙，不見春歸路。　春若有情春更苦，暗裏韶光度。夕陽山外山，春水渡旁渡，不知那搭兒是春住處。

## 嚴忠濟一首

### 天淨沙

寧可少活十年，休得一日無權，大丈夫時乖命蹇。有朝一日天隨人願,賽田文養客三千。

# 無名氏三十五首

### 水仙子
#### 遣懷

百年三萬六千場,風雨憂愁一半妨,眼兒裏覷心兒上想。教我鬢邊絲怎地當,把流年仔細推詳。一日一個淺斟低唱,一夜一個花燭洞房,能有得多少時光。

### 寄生草
#### 閑評

問甚麼虛名利,管甚麼閑是非。想着他擊珊瑚列錦帳石崇勢,只不如卸羅襴納象簡張良退,學取他枕清風抱明月陳摶睡。看了那吳山青似越山青,倒不如今朝醉了明朝醉。

### 梧葉兒

秋來到,漸漸涼,寒雁兒往南翔。梧桐樹,葉又黃,好淒涼。繡被兒空閑了半張。

### 喜春來

寬裁衫褙安排瘦,淡掃蛾眉准備愁。思君一度一登樓,凝望久,雁過楚天秋。

### 叨叨令

黃塵萬古長安路,折碑三尺邙山墓。西風一葉烏江渡,夕陽十里邯郓樹。老了人也麼哥,老了人也麼哥,英雄盡是傷心處。

### 叨叨令

綠楊隄畔長亭路,一樽酒罷青山暮。馬兒離了車兒去,低頭哭罷擡頭覷。一步步遠了也麼哥,一步步遠了也麼哥,夢回酒醒人何處。

### 叨叨令

溪邊小徑舟橫渡,門前流水清如玉。青山隔斷紅塵路,白雲滿地無尋處。説與你尋不得也麼哥,説與你尋不得也麼哥,却原來儂家鸚鵡洲邊住。

### 紅繡鞋

又不是天魔鬼祟,又不是觸犯神祇,又不曾坐筵席傷酒共傷食。師婆每醫的邪病,大夫每治的沉疾,可教我羞答答説甚的。

### 塞兒令

鴛帳裏,夢初回,見獰神幾尊惡像儀。手執金鎚,鬼使跟隨,打着面獨脚皂纛旗,犯由牌寫得精細。劈先裏拿下王魁,省會了陳殿直,李勉那廝也聽者,奉帝敕來斬你夥負心賊。

### 喜春來

江山不老天如醉,桃李無言春又歸。人生七十古來稀,圖甚的,尊有酒且舒眉。

### 普天樂

木犀風,梧桐月,珠簾鸚鵡,繡枕蝴蝶。玉人嬌一晌歡,碧醞釀十分悦。斷角疏鐘淮南夜,撼西風喚起離別。知他是團圓也夢也,歡娛也醉也,煩惱也醒也?

## 塞鴻秋
### 春怨

腕冰消鬆却黃金釧,粉脂殘淡了芙蓉面。紫霜毫蘸濕端溪硯,斷腸詞寫在桃花扇。風輕柳絮天,月冷梨花院,恨鴛鴦不鎖黃金殿。

## 雁兒落帶過得勝令
### 指甲

宜將鬬草尋,宜把花枝浸。宜將繡線撏,宜把金針絍。 宜操七弦琴,宜結兩同心。宜托腮邊玉,宜圈鞋上金。難禁,得一搯通身沁。知音,治相思十個針。

## 雁兒落帶過得勝令

一年老一年,一日没一日。一秋又一秋,一輩催一輩。 一聚一離別,一喜一傷悲。一榻一身臥,一生一夢裏。尋一夥相識,他一會咱一會。都一般相知,吹一回唱一回。

## 醉太平

利名場事冗,林泉下心沖,小柴門畫戟古城東,隔風波數重。華山雲不到陽臺夢,磻溪水不接桃源洞,洛陽城不到武夷峰,老先生睡濃。

## 醉太平

急烹翻蒯徹,險餓死靈輒,今人全與古人別,漸學些個轉折。撩胡蜂赤緊冤了毒蝎,釣鯨鰲不上扠了柴鼈,打青鸞無計撲了蝴蝶,老先生手拙。

## 醉太平

近三叉道北,傍獨木橋西,鑿開數畝養魚池,編一遭槿籬。蜂兒値早衙催釀就殘花蜜,鶯兒啼曙光移夢繞蘆花被,燕兒飛矮簾低銜入落花泥，老先生未起。

## 醉太平

南華經看徹，東晉帖觀絕，西涼州美醞一壺竭，蠟紅燈照者。木棉雪被春初熱，沉檀雲母香慵熱，梅花斗帳月兒斜，老先生睡也。

## 醉太平
### 春雨

阻鶯儔燕侶，漬蝶翅蜂鬚，東風簾幙冷珍珠，寒生院宇。響琮琤滴碎瑤階玉，細溟濛潤透紗窗綠，濕模糊洗淡畫闌朱，這的是梨花暮雨。

## 醉太平

看白雲萬丈，映翠竹千竿，賦歸來飽飼兩三餐，晃韶光過眼。怕行舟遠使追張翰，倦登樓爛醉思王粲，緊關門高臥袁安，老先生意懶。

## 沉醉東風
### 維揚懷古

錦帆落天涯那搭，玉簫寒江上誰家。空樓月慘悽，古殿風瀟灑，夢兒中一度繁華。滿耳邊聲起暮笳，再不見看花駐馬。

## 沉醉東風

拂水面千條柳線，出牆頭幾朵花枝。醉看雨後山，醒入橋邊肆，正江南燕子來時。到處亭臺好賦詩，少幾個知音在此。

## 沉醉東風

垂柳外低低粉牆，燭花前小小牙床。鎮春寒翡翠屏，藏夜月芙蓉帳，幾般兒不比尋常。回首桃源路渺茫，手抵著牙兒慢想。

## 折桂令

嘆世間多少癡人，多是忙人，少是閑人。酒色迷人，財氣昏人，纏定活人。鈸兒鼓兒終日送人，車兒馬兒常時迎人。精細的瞞人，本分的饒人，不識時人，枉只爲人。

## 清江引
### 牡丹

寂寞一枝三四花，弄色書窗下。爲着沉香迷，夢見馬嵬怕，且潛身住在居士家。

## 清江引
### 秋花

睡起不禁霜月苦，籬菊休相妒。恰與東風別，又被西風誤，教他這粉蝶兒無去處。

## 山坡羊

淵明圖醉，陳摶貪睡，此時人不解當時意。志相遠，事難隨，由他醉者由他睡，今朝世態非昨日。賢，也任你，愚，也任你。

## 山坡羊

馳驅何甚，乖離忒恁，風波猶自連頭浸。自沉吟，莫追尋，田文近日多門禁，炎涼本來一寸心。親，也在您，疏，也在您。

## 憑闌人

點破蒼苔牆角螢，戰退西風簷外鈴。畫樓秋露清，玉闌桐葉零。

### 紅衲襖

那老子鼓澤縣懶坐衙,倦將文卷押,數十日不上馬。柴門掩上咱,籬下看黃花。愛的是綠水青山,見一個白衣人來報,來報五柳莊幽靜煞。

### 賀聖朝

春夏間遍郊原桃杏繁,用盡丹青圖畫難。道童將驢鞴上鞍,忍不住只恁般頑,將一個酒葫蘆楊柳上拴。

### 玉交枝

休爭閑氣,都只是南柯夢裏,想功名到底成何濟。總虛脾,幾人知,百般乖不如一就癡,十分醒爭似三分醉。只這的是人生落得,不受用圖個甚的。

### 殿前喜

謫仙醉眼何曾開,春眠花市側,伯倫笑口尋常開。荷鐘埋,會何礙,糟丘高壘葬殘骸,先生也快哉。

### 駐馬聽

月小潮平,紅蓼灘頭秋水冷。天空雲淨,夕陽江上亂峰青。一蓑全却子陵名,五湖救了鴟夷命。塵勞事不聽,龍蛇一任相吞併。

### 清江引

春夢覺來心自警,往事般般應。愛煞陶淵明,笑煞胡安定,下梢頭大都來不見影。

### 醉太平

堂堂大元,姦佞專權,開河變鈔禍根源,惹紅巾萬千。官法濫刑法重黎民怨,人喫人鈔買鈔曾見,賊做官官做賊混愚賢,哀哉可憐。

# 盪氣迴腸曲

# 序

悠然見余錄元曲三百首，於元人情衹詞，取其灝爛而遺其尖新，頗惜之。因綴拾數紙，時供諷翫，後於明清人散曲中又選若干，總爲一卷，皆言燕婉之求，離索之恨者，題曰《盪氣迴腸曲》以示余。余曰："卷中諸作，信皆能副其名歟，閱之則調笑之語、傾慕之思，與夫愁嘆悽婉之詠，雜揉一處。"乃笑曰："同一言情，悲喜異趣，銷魄動魂者，不必其盪氣迴腸，君宜有以見此義，而後可以用其名也。"悠然聞之，爽然若失，亟加裁別，爲盪氣迴腸者二百餘篇，爲銷魂動魄者半之。余曰："明人選本，如摘豔雍熙，陳言濫套，連篇累牘，展卷未幾，輒昏昏欲睡。貪多務博，是前人曲選之過，不可再從。況其詞果迴腸盪氣者，則一爲之甚，何堪再四？若刺激頻仍，將令人木木，反失所感矣，宜痛加芟薙。"悠然謂可，因細爲衡度，僅存其半，又以百餘首內，意境淺深、音節流滯，未嘗一致，不妨等差，遂復斟酌剖析，爲上中下三卷，而所謂銷魂動魄者，尚有五十餘首，不忍散棄，則別爲外集，於句讀精粹，並一一加以點定，然後編製楚楚，而章句翩翩，覽者果然觸目驚心，思之輒爲馳神累嘆矣。悠然曰："今之時已非曲之時，此中雖有至情，而語在不文不俗之列，恐難遍索解人。"余曰："解人何必求遍，前無此業，君今始之。不妨供世，以廣詞林，好惡浮沉，一聽其遇，不沒君之半年致力足矣。"遂行之，時十七年歲杪，二北。

## 上　卷　王悠然輯

### 水仙子　元　徐再思

平生不會相思，才會相思，便害相思。身似浮雲，心如飛絮，氣若遊絲。空一樓餘香在此，盼千金遊子何之。證候來時，正是何時，燈半昏時，月半明時。

### 清江引　元　徐再思

相思有如少債的，每日相催逼。常挑着一擔愁，準不了三分利，這本錢見他時才算得。

### 一半兒　元　王鼎

別來寬透縷金衣，粉悴胭憔減玉肌。淚點兒只除衫袖知，盼佳期，一半兒纔乾一半兒溼。

### 一半兒　元　陳克明

綠窗時有唾茸黏，銀甲頻將綵線搯。繡到鳳凰心自嫌，按春纖，一半兒端詳一半兒掩。

### 紅繡鞋　元　任昱

暗朱箔雨寒風峭，試羅衣玉減香銷。落花時節怨良宵，銀臺燈影淡，繡枕淚痕交，團圓春夢少。

### 落梅風　元　周文質

鸞鳳配，鶯燕約，感蕭娘肯憐才貌。除琴劍又別無珍共寶，只一片至誠心要也不要。

### 梧葉兒　元　無名氏

秋來了,漸漸涼,寒雁兒往南翔。梧桐樹,葉又黃,好淒涼,繡被兒空閑了半張。

### 喜春來　元　無名氏

窄裁衫褙安排瘦,淡掃蛾眉准備愁。思君一度一登樓,音信久,望斷楚天秋。

### 沉醉東風　元　無名氏

垂楊外低低粉牆,燭花前小小銀床。鎮春寒翡翠屏,藏夜月芙蓉帳。幾般兒不比尋常,回首桃源路渺茫,手抵着牙兒慢想。

### 堯民歌　元　無名氏

自別後遙山隱隱,更那堪遠水粼粼。見楊柳飛綿滾滾,對桃花醉臉醺醺。透內閣香風陣陣,掩重門暮雨紛紛。怕黃昏忽地又黃昏,不銷魂怎地不銷魂。新啼痕間舊啼痕,斷腸人憶斷腸人。今春,香肌瘦幾分,摟帶寬三寸。

### 塞鴻秋　元　無名氏

腕冰消鬆却黃金釧,粉脂殘淡了芙蓉面。紫霜毫蘸濕端溪硯,斷腸詞寫在桃花扇。風輕柳絮天,月冷梨花院,恨鴛鴦不鎖黃金殿。

### 塞鴻秋　元　無名氏

赤緊的那楚陽臺峻險似連雲棧,武陵溪間隔着東洋岸。他將那錦迴文合歡帶皆揪綻,繡香囊同心結都拆散。揉損了並頭花,斫斷了連枝幹,恨不得繞池塘摔碎了鴛鴦彈。

### 寄生草　元　無名氏

將我這桃花面,生爲他憔悴損。不因個惜花愛月傷春悶,但因個今春不減前春恨。常只是淚珠兒煎藥治相思症,恨的是繡幃空暖面生寒,恨的是書房人遠天涯近。

### 叨叨令　元　無名氏

綠楊堤畔長亭路,一樽酒罷青山暮。馬兒離了車兒去,低頭哭罷擡頭覷。一步步遠了也麼哥,一步步遠了也麼哥,夢回酒醒人何處。

### 蟾宮曲　明　湯式

冷清清人在西廂,叫一聲張郎,罵一聲張郎。亂紛紛花落東牆,問一會紅娘,絮一會紅娘。枕兒餘衾兒剩,溫一半繡床,閑一半繡床。月兒斜風兒細,開一扇紗窗,掩一扇紗窗。蕩悠悠夢繞高唐,縈一寸柔腸,斷一寸柔腸。

### 落梅風　明　楊夫人

春寒峭,春夢多,夢兒中和你兩個。醒來時空床冷被窩,不見你空留下我。

### 落梅風　明　楊夫人

樓頭小,風味佳,峭寒生雨初風乍。知不知對春思念他,背立在海棠花下。

### 河西六娘子　明　金鑾

海棠陰輕閃過鳳頭釵,沒人處款款行來,好風兒不住的吹羅帶。猜也麼猜,待說口難開,待動手難擡,淚點兒如珠暗暗的揩。

### 懶畫眉　明　梁辰魚

小名兒牽掛在心頭,總欲丟時怎便丟。渾如吞却線和鈎,不疼不癢常拖逗,只落得一縷相思萬縷愁。

### 一江風　明　王驥德

月華明偏管人孤另,後會茫無定。信難憑,兩處思量,今夜私相訂。天邊見月生,低低叫小名。我低低叫也,你索頻頻應。

### 清江引　明　施紹莘

恩情不教人當耍,這幾日何爲者。情知有歸去時,却現怕分離夜。且含著淚花兒把相思句兒胡亂寫。

### 阿姑令　明　無名氏

石竹花兒正開,有情人梢的書來。金鎞兒把書來拆開,撲簌簌掉下兩行淚來。

### 胡十八　明　無名氏

眼皮兒怕待合,好夢兒難成就。聽更鼓,數更籌,青鸞。無信入紅樓。新月兒半鈎,印紗窗上頭,沉沉梅影兒仿佛似玉人瘦。

### 朝天子　明　無名氏

畫橋邊柳枝,粉牆頭杏枝,春去人獨自。粉郎不見許多時,又冷落鶯花市。爲甚憂愁,教誰扶侍,病懨懨真似死。柳結成穗兒,花褪却瓣兒,都做了眼中淚心頭事。

### 拋紅豆　　清　　無名氏

滴不盡相思血淚拋紅豆，開不完春柳春花滿畫樓。睡不穩紗窗風雨黃昏後，忘不了新愁與舊愁。咽不下玉粒金波噎滿喉，照不盡菱花鏡裏形容瘦。展不開的眉頭，捱不明的更漏。呀，恰便似遮不住的青山隱隱，流不斷的綠水悠悠。

## 中　　卷　　王悠然輯

### 沉醉東風　　元　　關漢卿

伴夜月銀箏鳳閑，暖東風繡被鴛慳。信沉了魚，書絕了雁，盼雕鞍萬水千山。本利對相思若不還，只告與那能索債的愁眉淚眼。

### 叨叨令　　元　　白樸

帕兒湮我淚，搵濕衫兒袖。冰的我這襪兒涼，浸的我鞋兒透。逗的我意兒新，感起我情兒舊。哭的我心兒酸結的我眉兒皺。玉英，喒兩個去來也波哥，照的我影兒孤，越顯的我身子兒瘦。

### 落梅風　　元　　馬致遠

心間事，說與他，動不動早言兩罷。罷字兒磣可可你道是耍，我心裏怕那不怕。

### 塞鴻秋　　元　　貫雲石

戰西風遙天幾點賓鴻至，感起我南朝千古興亡事。展花箋欲寫幾句知心事，空教我停霜毫半晌無才思。往常得興時，一掃無瑕玼，今日個病懨懨剛寫下兩個相思字。

### 紅繡鞋　元　貫雲石

挨着靠着雲窗同坐,看着笑着月枕雙歌。聽着數着怕着愁着早四更過。四更過情未足,情未足夜如梭。天哪,更閏一更妨甚麼。

### 壽陽曲　元　貫雲石

新秋至,人乍別,順長江水流殘月。悠悠畫船東去也,這思量起頭兒一夜。

### 水仙子　元　喬吉

瑣窗風雨古今情,夢繞雲山十二層。香消燭暗人初定,酒醒時愁未醒。三般兒捱不到天明:巉地羅幃静,森地鴛被冷,忽地心疼。

### 折桂令　元　劉庭信

想人生最苦離別,唱到陽關,休唱三疊。意遲遲抹淚揩眸,急煎煎揉腮抓耳,呆答孩閉口藏舌。情兒分兒你心裏記者,病兒痛兒我身上添些。家兒活兒既是抛撇,書兒信兒是必休絕。花兒草兒打聽的風聲,車兒馬兒我親自來也。

### 折桂令　元　劉庭信

想人生最苦離別,三個字細細分開,淒淒涼涼,無了無歇。別字兒是半晌痴呆,離字兒是終年疾病,苦字兒只管兩下裏堆疊。他那裏鞍兒馬兒身子兒劣怯,我這裏眉兒眼兒臉腦兒匕斜。側著頭叫一聲行者,擱著淚說一句聽者。得官時早報個期程,準備我丟丟抹抹遠遠的來迎接。

### 折桂令　元　劉庭信

想人生最苦離別,雁杳魚沉,信斷音絕。嬌模樣儘管丟抹,好時光誰曾受用,窮家活逐日繃拽。過了一百五日上墳的日月,早來到二十四夜祭竃的時節。寂寂寞寞終歲巴結,孤孤另另徹夜咨嗟。歡歡喜喜盼的他回來,淒淒涼涼老了人也。

### 朱履曲　元　無名氏

又不是天魔鬼祟,又不是觸犯神祇,又不曾坐筵席傷酒共傷食。師婆每退的是鬼祟,大夫每治的是沉疾,可教我羞答答說甚的。

### 滿庭芳　元　無名氏

塵蒙繡榻,香銷羅帕,串冷金鴨。小牢誠近日鋪謀大,今夜誰家。雲去雲來月華,愡明愡暗梅花。西廂下,眼睜睜望他,和淚倚琵琶。

### 錦法經　明　崔子一

身已慵,心待慵,因何不放鬆。繡枕羅衾一邊捧,芳情冗冗,閑緒濛濛。猛添上刺秋波兩眼兒春光重,疊斷眉峰,將一星星血淚都迸的我臉兒紅。

### 月雲高　明　康海

吞聲寧耐,欲說誰瞅睬。惹得旁人笑,招着他們怪。歡喜冤家,分定慨纏害。去不去心頭恨,了不了生前債。教我心上黃連苦自捱,却似瑣上門兒推不開。

### 駐雲飛　明　楊夫人

暗想嬌羞,往事牽情不自由。帳薄燈光透,寒峭花枝瘦。休,一日似三秋,人在心頭。兩字相思,鎖定眉兒皺,殘夢關心懶下樓。

### 落梅風　明　楊夫人

因他俏,把咱迷,眼睜睜指甚爲題。害相思只怕日平西,合著眼先推昏睡。

### 羅江怨　明　楊夫人

空亭月影斜，東方既白，金鷄驚散枕邊蝶。長亭十里，唱陽關也。相思相見，相見何年月。淚流襟上血，愁穿心上結，鴛鴦被冷雕鞍熱。

### 羅江怨　明　楊夫人

青山隱隱遮，行人去急，羊腸鳥道馬蹄怯。鱗鴻不至，空相憶也。惱人正是，正是寒冬節。長空孤鳥滅，平蕪遠樹接，倚樓人冷闌干熱。

### 清江引　明　沈仕

冤家再休情撒扭，快補船兒漏。須教傍岸行，莫待臨淵救。姻緣分該終自有。

### 懶畫眉　明　沈仕

倚闌無語掐殘花，驀然間春色微烘上臉霞。相思薄倖那冤家，臨風不敢高聲罵，只教我指定名兒暗咬牙。

### 月兒高　明　馮惟敏

月缺重門靜，更殘五夜永。手托芙蓉面，背立梧桐影。瘦損伶仃，越端相越孤另。抽身轉入，轉入房櫳冷。又一個畫影圖形，半明不滅燈。燈，花燭杳無憑。一似靈鵲兒虛囂，喜珠兒不志誠。

### 蟾宮曲　明　馮惟敏

正青春人在天涯，添一度年華，少一度年華。近黃昏數盡歸鴉，開一扇窗紗，掩一扇窗紗。雨紛紛風翦翦，聚一堆落花，散一堆落花。悶無聊愁無奈，唱一曲琵琶，撥一曲琵琶。業身軀無處安插，叫一句冤家，罵一句冤家。

### 蟾宮曲　明　馮惟敏

小湖山分外清幽，飛一對沙鷗，宿一對沙鷗。怕斜陽偏照西樓，上一掛簾鉤，下一掛簾鉤。畫堂深清晝永，坐一個無休，盼一個無休。晚妝殘雲鬢亂，戴一隻搔頭，卸一隻搔頭。無倒斷情思悠悠，夢一段風流，想一段風流。

### 蟾宮曲　明　馮惟敏

雪花飛密灑瓊窗，助一派凄涼，又一派凄涼。更那堪篸鐵悠揚，緊一陣打璫，慢一陣打璫。瘦伶仃愁展轉，溫一邊象床，冷一邊象床。被兒閑枕兒剩，東一個鴛鴦，西一個鴛鴦。盡頭來虛度韶光，牽一股柔腸，斷一股柔腸。

### 玉交枝　明　馮惟敏

風前月下，覓幽期何曾見他。黃鶯兒提着名兒罵，粉蝶兒飛過誰家。青春飄蕩楊柳花，黃昏冷落秋千架。業身軀爭些兒害殺，乾相思百無個治法。

### 集賢賓　明　馮惟敏

離愁滿了沒處躲，下香階權當騰挪。離了重幃剛較可，忽的又見牛郎阻隔銀河。空擔寂寞，眼睜睜一邊一個他和我，百般的離不了愁窩。

### 沉醉東風
#### 集諺語　明　金鑾

人面前瞞神嚇鬼，我跟前口是心非。只將那冷話兒劇，常把個血心來昧。閃的人寸步難移，便立刻拆轉船頭待怎的，誰和你一篙子到底？

## 胡十八

**集諺語** 明 金鑾

脚跟兒委實勤，舌尖兒果然溜。甜如蜜，滑如油，全憑軟款與溫柔。才留下個想頭，又尋了個歹頭。眼睜睜盼不的來，血漓漓捨不得咒。

## 四季花

明 沈璟

秋雨過空墀，正人初靜更初轉漸覺淒其。人兒多應傍着珊枕底，剛剛咱也纔睡時，悄相將投夢思。若云無意，因何着迷，夢兒中豈有誰能替。抵死恨着伊，恰又添縈繫。更憐你笑你，愁你想你冤你。

## 黃鶯兒

明 沈璟

明月悄無聲，喚奚奴又不應，窗前袛剩梧桐影。誰家鳳笙，誰行錦箏，暗中來不管人愁聽。待把畫樓凭，誰料愁先在彼，築就小團城。

## 金梧桐

明 沈自晉

相思人本自雙，人未必雙思想。兩下裏難憑，這相字兒渾無當。諒他情有盡頭，袛俺意終難放。這獨自個牽思，說單字才非謊。這單相思分明另是個相思樣。

## 山坡羊

明 沈則平

看這好花枝，想起你風流興。看這瘦花枝，又愁到你淹煎病。擺不脫媚人天滿眼兒傷情，終只是困人天盡日兒如沈瞑戶兒扃，香醪細細斟。常言酒可，酒可治相思症。若可治的相思，定不是相思絕頂。無因，未持杯已不醒。難憑，飲千鐘也不靈。

## 山坡羊

明 梁辰魚

病淹淹難醫療的模樣，軟怯怯難存坐的形狀。急煎煎難擺劃的寸腸,虛飄飄難按納的情和況。空自忙,全然没主張。盟山誓海,一例都成謊。輾轉思量,更無的當。淒涼,爲甚更長似歲長。蕭郎,莫認他鄉是故鄉。

### 駐馬聽　　明　梁辰魚

虛度年華,望斷歸舟不到家。爲你秋捐紈扇,春鎖秋千,夜冷琵琶。東園還發舊時花,垂楊不繫當年馬。一念何差,痴心猶信着臨歧話。

### 沉醉東風　　明　鄭若庸

海棠花將開未開,倦停鍼繡窗閒待。花睡去,冷閒堦,教人憐愛。須避却妬花風霾,把門兒慢開,不許蜨峰參拜。若等着那負心的便隨他進來。

### 駐雲飛　　明　陳鐸

悶倚闌干,燕子鶯兒怕待看。色戒誰曾犯,鬼病誰經慣。嗏,書寄兩三番,得見艱難。再倩霜毫,寫一紙喬公案,滿紙春心墨未乾。

### 一江風　　明　陳鐸

到秋來,好月凭闌待。見月深深拜,下瑶階。露濕弓鞋,涼沁羅衣,風又吹裙帶。孤鐙爆絳臺,寒衣想像裁,手慢并刀快。

### 駐雲飛　　明　陳鐸

杏臉桃腮,展轉思量不下懷。新月疑眉黛,春草傷裙帶。嗏,獨坐小書齋,自入春來。欲待看花,反被花禁害,情思昏昏眼倦開。

### 鎖南枝　　明　陳鐸

他多詐,咱見小,百年兩心難共保。裂紙與焚香,去把泥神告。枉使心，乾弄巧，神啊，恕過的多，報應的少。

### 鎖南枝　明　陳鐸

腸中熱，心上癢，分明有人閑論講。近日俏恩情，又移向誰身上。若道是真，又怕是慌，抵牙兒猜，皺眉兒想。

### 二犯桂枝香　明　殷都

舊愁稍可，新愁難妥。我爲他辦個真心，他未必心兒如我。哥哥，我當初不合情恁多，一些兒顧盼認的太過。到如今可奈何，只落得眉兒上鎖，心兒裏窩，指兒上數，口兒裏哦。這段風流債，今生了得麼。

### 醉羅歌　明　史榮

難道難道丟開罷，提起提起淚如麻。欲訴相思抱琵琶，手軟彈不下。一腔恩愛，秋潮捲沙，百年夫婦，春風翦花。耳邊厢枉說盡了歸根話，他書難信，我見已差，虎狼狼不過這冤家。

### 一江風　明　王驥德

汗巾兒刺破纖纖指，濕處是啼痕噴。寄相思啞謎包藏，寫幾個胭脂小字。何須賦什麼詩，何須綴什麼詞，你聰明人定參透我心中事。

### 駐雲飛　明　施紹莘

索性丟開，再不將他記上懷。怕有神明在，嗔我心腸歹。獃，那裏有神來，丟開何害。只看他們，拋我如塵芥，畢竟神明欠明白。

### 山坡羊　明　施紹莘

意惺惺怕分離的相送，虛飄飄要相逢的癡夢。急煎煎算不定的歸期，淚斑斑看不得的衣衫縫。怯曉鐘，更教人惱暮鐘。燈花暗卜，却被燈花哄。歡喜誰同,淒涼誰共。朦朦,拾相思在雲樹中。匆匆,記相思在詩句中。

### 懶畫眉　明　施紹莘

暗燈微雨小窗紗,隔個簾兒一樹花。猛然身子覺寒些,把錦被烘溫者,怎麼錦被烘溫不見他。

### 皂羅袍　明　呼文如

早是雁兒天氣,見露珠兒奪暑,點點侵衣。針兒七夕把腸兒刺,砧兒萬户把肝兒碎。門兒重掩,帳兒半垂,人兒不見,病兒怎支,書兒怎寫心兒事。

### 山坡羊　明　無名氏

一密裏腸牽肚掛,死撞著冤家害怕。這些時老躺在我心頭,有何人會下手的,便與我摘開罷。怎按捺,不拖殺須累殺。天長日久,那一刻丢得下。便教勉强拈針,怎奈一針針都刺到他。冤家,望得我百樣昏迷兩眼花。冤家,害得我冷汗渾身著誰打發。

### 梧葉兒　明　無名氏

模樣兒還依舊,心腸兒轉換別,全不似舊時節。海誓都不應,山盟空自説,想起來暗傷嗟,好恩情不覺的罷了也。

### 駐雲飛　明　無名氏

池館黃昏,數點新荷間翠蘋。打不破相思陣,捱不徹淒涼運。嗏,敧枕暗消魂,兩眉顰。事只因循,夢又難憑信,十二巫山隔暮雲。

### 皂羅袍　明　無名氏

這幾日神魂飄蕩,爲剛剛別後,死活難當。人兒攝去在何方,魂兒趕上身邊漾。小橋曲澗,野梅正芳,竹籬茅舍,村醪又香,料定那人也行不上。

### 紅衲襖　明　無名氏

有一個人兒在天涯,便落的臉消紅眉銷黛。本是個宋玉傷秋無聊賴,又怎禁往事無端撲上懷。三分話做實意猜,一片心兒難布擺。一片心兒難布擺,纏的我似欠無頭債。我若還提起那籌兒啊,便自撲撲簌簌淚滿腮。

### 紅衲襖　明　無名氏

我做了脫腮魚難上鉤,我做了半篙舡不到頭。恰便似線斷風箏,百忙裏没收救。燈盞裏無心枉費了油,誰承望你劣心腸變得陡。我一似痴貓兒空自守,只落了些山樣般愁,海樣般憂。想往日多少恩情,到今番都做千休和萬休。

### 紅衲襖　明　無名氏

被蛇傷怕井索,盞兒空休許托。麵房裏驢兒鎮日乾踥蹀,瞌睡人靠着青布幙。早知這一着,當初何似莫。伊命薄,我命惡,空被你巧語花言,謊殺人冤家千錯和萬錯。

### 一江風　明　無名氏

眼巴巴好事從今罷,鬼病新來大。歹冤家,負義忘恩,巧語花言,就裏空奸詐。姻緣手內沙,相思鏡裏花,搏不就,摘不下。

### 駐雲飛　明　無名氏

這話休提，你是何人我是誰。誰把誰拋棄，轉臉兒無仁義。呸，罵你個歹心的，快撥轉腸兒，休想三和四。且把你我的深情，深上加深深到底。

### 月中花　明　無名氏

勤兒推磨，好似飛蛾投火。他將我做啞謎兒包籠，我手裏登時間猜破。近日裏把不住舡兒舵，特故裏搬弄的心腸，軟一似酥來裏。者末是誰，休道是我。便做鐵打的人兒，其實強不過。

### 雁兒落帶得勝令　明　無名氏

手帕兒托着腮，渾身上無了脉。舌尖兒冷半截，脚趾兒麻到踝。行一步腿難抬，難豎立瘦形骸。花運何時轉，春光怎打捱。猛聽的他來，九分病折做一分害。誰已把門開，慌的我穿不上羅衫撒不上鞋。

### 掛枝兒　明　無名氏

來也罷，去也罷，你就是不來也罷。哎呀，離得多會得少也不是個長法，今日三明日四虛名兒牽掛。不相識倒不煩惱，我如今越想你倒越害怕。著甚麼來由也哥呀，我把真心兒來換你的假。

### 江兒水　清　湯傳楹

熱搵珍珠淚，低呼小玉名，香魂一縷香初定。花身一捻花還隱，鶯喉一囀鶯難佞。月下端詳小咏，澀澀閒行，手勒芭蕉持贈。

### 漁燈兒　清　楊恩壽

難忘你豔豔的花羞蕊羞，難忘你滴滴的噴眸笑眸。難忘你淡淡的蘭幽蕙幽，難忘你看承偏厚，莽天涯把情兜義兜。

### 黃鶯兒　清　趙慶熺

綠袖振明璫，拜嫦娥三炷香，深深叩倒紅氍上。衫兒海棠，裙兒鳳凰，玉尖兒輕合蓮花掌。翠魚雙，北風衣帶，吹起兩鴛鴦。

### 清江引　清　無名氏

一個姐兒十六七，見一對蝴蝶戲。雙肩靠粉牆，春笋彈珠淚，喚梅香趕他去別處飛。

### 山坡羊　清　無名氏

蹙秋波擦生生的眉黛，剪春羅軟迷迷的身態。屑雲香自禁窄的鳳頭鞋，裊情絲沒打結的鴛鴦帶。命裏該，今生牽惹纏。既天般渴想君就待，那錦片姻緣教誰主裁。癡哉，這周旋忒費猜。癡哉，這淹煎着甚來。

# 下　卷　王悠然輯

### 落梅風　元　馬致遠

實心兒待，休做謊話兒猜。不信道為伊曾害，害時節有誰曾見來，瞞不過主腰羅帶。

### 落梅風　元　馬致遠

因他害，染病疾，相識每勸咱是好意。相識每若知咱究裏，和相識也一般憔悴。

### 落梅風　元　馬致遠

從別後，音信絕，薄情種恨殺人也。逢一個見一個因話說，不信你耳輪兒不熱。

### 落梅風　元　馬致遠

薔薇露，荷葉雨，菊花霜冷香庭户。梅梢月斜人影孤，恨薄情四時辜負。

### 天淨沙　元　呂止庵

冷清清獨守蘭房，悶懨懨倚定紗窗，呆答孩伏定繡床。一會家神魂飄蕩，繡針兒簽這梅香。

### 雁兒落帶得勝令　元　高克禮

尋致爭不致爭，既言定先言定，論至誠俺至誠，你薄倖誰薄倖。豈不聞三尺有神明，忘義多應當罪名，海神廟見有他為證。似王魁負桂英，磣可可海誓山盟。繡帶裏難逃命，裙刀上更自刑，活取了你個年少書生。

### 紅繡鞋　元　無名氏

裁剪下才郎名號，五色線合就花條，用心兒結做個紐子好蹊蹺。或綴在兜羅帶，或綴在錦束腰，只問我胸懷兒裏要你不要。

### 紅繡鞋　元　無名氏

裁剪下才郎名諱，端詳了展轉傷悲，把兩個字兒燈焰上燎成灰。或搽在雙雲鬢，或搽在兩蛾眉，只要我眼根前常見你。

### 梧葉兒　元　無名氏

解不開同心扣，摘不脫倒鬚鈎，糖和蜜攪酥油。活擺布千條計，死安排一處休。我兩個盡場頭，死共活都莫放手。

### 喜春來　元　無名氏

眼橫秋水雙波溜，眉聳春山八字愁。別來誰伴上妝樓，如轉首，庭樹忽驚秋。

### 朝天子　明　楊慎

瞞昧着母親，隄防着外人，把一個肯字兒將咱髒。常記得酒闌人散那時分，誰先肯，誰先順，三般話兒説來最準。到如今難親近，須記得舌尖兒上唾津，手背兒上掐痕，靴臉兒上鞋兒印。

### 紅繡鞋　明　楊夫人

實指望花甜蜜就，誰承望雨散雲收，因他俊俏我風流。鼻凹兒裏砂糖水，心窩兒裏酥合油，餂不着空把人拖逗。

### 紅繡鞋　明　楊夫人

你不慣誰曾慣，人可瞞天可瞞，夢兒裏槐花要綠襖兒穿。嘴孤都看一看，滑即溜難上難，你無緣休把人來怨。

### 集賢賓　明　馮惟敏

説來的話兒都是慌，好著人無處隄防。休信旁人將俺講，他那裏背後輪鎗，全無遮擋。俺只有青天在上，君細訪，枉了人算甚麼高強。

### 玉胞肚　明　馮惟敏

冤家心變，這些時誰家鬼纏。打聽的有個真實，我和他兩命難全。神靈鑒察誓盟言，不叫冤家只叫天。

### 月兒高　明　馮惟敏

紅粉多薄命，青春半殘景。人去瑤臺怨，花落臙脂冷。嬝娜腰圍，强把繡裙整。弓鞋淺印，淺印殘紅徑。正當三月韶光，倚闌干無限情。情，離別幾曾經。再來扯住衣衫，影兒般不離形。

### 月兒高　明　馮惟敏

玉宇明河漫，瓊窗朔風凜。展轉胡蜨夢，寂寞鴛鴦錦。閣淚汪汪，長夜捱孤枕。從來不似，不似今番甚。都因一片閑愁，生跕查惱碎心。心，害得死臨浸。欲待再不思量，急煎煎怎樣禁。

### 黃鶯兒　明　馮惟敏

烏兔轉如梭，急煎煎把俺磨，一年好景都零落。風兒寒奈何，雁兒叫什麼，雨絲兒哨的窗兒破。冷呵呵，香腮紅沁，只道是醉顏酡。

### 鎖南枝　明　陳鶴

殘更斷，星斗稀，思君出門腳步兒遲。隔水一雞啼，喧林亂雅起，人將至，喜上眉。休問我夜來情，祇看我枕邊淚。

### 鎖南枝
**集諺語**　明　金鑾

閑言來嗑，野話兒剿，偷嘴的猫兒分外饞。只管裏嚇鬼瞞神，喫的明喫不的暗。搭上了他，瞞定了俺，七個頭，八個膽。

### 鎖南枝
**集諺語**　明　金鑾

長三丈，闊八尺，說來的話兒葫蘆提。每日家帶醒佯醒，没氣的也要尋氣。假若你瞞了心，昧了己，一尺天，一尺地。

### 山坡羊　明　唐　寅

纖手尋常相挽,親口曾教放膽,塔尖兒上却把人來賺。咫尺間,難猜對面山,風雲氣色,多少濃和淡,鐵打的心腸也弄酸。無端,無端惹這般。休瞞,休瞞那一番。

### 風入松　明　陳　鐸

想才郎一去杳無憑,早忘了海誓山盟。說來的話兒全不應,誰似你辜恩薄倖。對神前提著小名,纔罵了又心疼。

### 風入松　明　陳　鐸

想才郎一去幾多時,誰知他節外生枝。書來止說功名事,全不著心頭一字。本待耍尋活覓死,怕落下歹名兒。

### 鎖南枝　明　王驥德

燈花綻,蟢子飛,心心盼他驄馬歸。早起畫蛾眉,紅樓鎮空倚,紗窗瞑,日又西。多管是今宵,尚次幾行淚。

### 玉胞肚　明　王驥德

蕭蕭郎馬,怎教人不提他念他。俏龐兒怕吹破東風,瘦身軀愁觸損桃花。不知今夜宿誰家,燈火章臺處處紗。

### 駐雲飛　明　施紹莘

風捲楊花,點點飛來蘸綠紗。衣帶鬆來怕,得似前春嗎。嗏,淚眼問東風,沒些回話。教著鸚哥,也把東君罵,一半兒嗔他一半兒耍。

### 楚江情　明　施紹莘

淒涼立小廊,身單影雙,楊花滾滾人斷腸。柔魂一縷,待離腔也,分明是俺,依稀是郎。只覺嬌滴滴粉脂香,把餓眼昏花,權當喬模樣,且書兒寫幾行。書兒寫幾行,夢兒做幾場,總記入相思賬。

### 玉胞肚　明　施紹莘

逢歡不喜,要消愁翻嫌酒卮,妙人兒掛在心頭。據人言你會相思,教人爭不越心癡,況風雨孤燈又不寐時。

### 步步嬌　明　施紹莘

眼際人兒分離了,這別如何好。恩情没下梢,怎樣前程,夢裏誰知道。放了又心焦,猛擡頭總是相思料。

### 江兒水　明　馮夢龍

郎莫開船者,西風又大了些,不如依舊還儂舍。郎要東西和儂説,郎身若冷儂身熱。且消受今朝這一夜,明日風和,便去也儂心安帖。

### 玉胞肚　明　馮夢龍

頻頻書寄,止不過敍寒溫並無甚奇。你便一日間千遍郵來,我心中也不嫌聒絮。書啊你原非要緊的好東西,爲甚你一日遲來我便淚垂。

### 集賢賓　明　方氏

花陰半窗猶懶起,還思夢到天涯。最恨簷前鵲語沸,把夢魂兒幾遍驚回。羅衾似水,怎當得更添珠淚。才自悔,緣底事讓個人離。

### 金落索　明　無名氏

東風轉歲華,院院燒燈罷。陌上清明,細雨紛紛下。天涯蕩子盡思家,只見人歸不見他。合歡未久難拋捨,追悔從前一念差。傷情處,懨懨獨坐小窗紗。只見片片桃花,陣陣楊花,飛過了秋千架。

### 水仙子　明　無名氏

病乜斜恰似醉乜斜,身瘦怯那堪影瘦怯,人薄劣何似情薄劣。好姻緣成棄捨,對鸞臺展轉傷嗟。鶴袖兒金鬆扣,鳳頭兒珠褪結,想人生最苦離別。

### 羅江怨　明　無名氏

恩情逐晚風,心意懶慵,伊家做作無始終。盟山誓海耳邊風也,不說當初,多少恩情重。虧心也是空,癡心也是空,都做了蝴蝶夢。

### 兩頭蠻　明　無名氏

堪憐堪愛,倚定門兒手托腮,好傷懷。一自那日,行了他不見來,盼多才。萬紫千紅明媚色,桃花一剛開,杏花一剛開,教我無心戴。也是我命該,也是我命乖,也是我前生少欠他相思債。

### 雪裏梅　明　無名氏

天生下一個妙人兒誰人不愛,冤家惟有你的情性意兒乖,反教人狠把相思害。害得病在床身起又不得來,時日又不得快。海角天涯,海角天涯,下的這般狠來。下的這般狠來,下的這般歹。

### 打棗兒　明　無名氏

盼情人直盼到清明後,病懨懨終日裏不梳頭,淚碧兒滴滿了紅衫袖。眼前人不見,何處戀風流,待得他來時多罰他一杯酒。

### 圈兒詞　明　無名氏

相思欲寄從何寄,畫個圈兒替。話在圈兒外,心在圈兒裏。我密密加圈,你須密密知儂意。單圈兒是我,雙圈兒是你。整圈兒是團圓,破圈兒是別離。還有那說不盡的相思,一路圈兒圈到底。

# 外　　集　王悠然輯

### 一半兒　元　關漢卿

碧紗窗外悄無人，跪在床前忙要親。罵了個負心回轉身，雖是我話兒嗔，一半兒推辭一半兒肯。

### 一半兒　元　關漢卿

雲鬟霧鬢勝堆鴉，淺露金蓮簌絳紗。不比等間牆外花，罵你個俏冤家，一半兒難當一半兒耍。

### 陽春曲　元　白樸

笑將紅袖遮銀燭，不放才郎夜看書，相偎相抱取歡娛。止不過迭應舉，便及第待何如。

### 陽春曲　元　白樸

百忙裏鉸甚鞋兒樣，寂寞羅幃冷串香，向前摟定可憎娘。止不過趕嫁妝，便誤了又何妨。

### 小桃紅　元　喬吉

紺雲分翠攏香絲，玉線界宮雅翅。露冷薔薇曉初試，淡勻脂，金篦膩點蘭烟紙。含嬌意思，殢人須是，親手畫眉兒。

### 小桃紅
#### 贈朱阿嬌　元　喬吉

鬱金香染海棠絲，雲膩宮雅翅。翠靨眉兒畫心字，喜孜孜，司空休作尋常事。尊前但得，身邊伏侍，誰敢想那些兒。

### 天淨沙　元　喬吉

鶯鶯燕燕春春，花花柳柳真真。事事風風韻韻，嬌嬌嫩嫩，停停當當人人。

### 一半兒
**春困**　元　陳克明

瑣窗人靜日初曛，寶鼎香消火尚溫。斜倚繡床深閉門，眼昏昏，一半兒微開一半兒盹。

### 一半兒
**春醉**　元　陳克明

海棠紅暈潤初妍，楊柳纖腰舞自偏。笑倚玉奴嬌欲眠，粉郎前，一半兒支吾一半兒軟。

### 天淨沙　元　呂止庵

夜深時獨繡羅鞋，不言語忽倒在人懷。先做意兒將人不睬，問因何作怪，繡針兒簽着敲才。

### 泥捏人　元　管道昇

你儂我儂，忒煞情多，情多處熱似火，把一塊泥捻一個你，塑一個我。將咱兩個一齊打破，用水調和，再捻一個你，再塑一個我。我泥中有你，你泥中有我。與你生同一個衾，死同一個槨。

## 沉醉東風
### 馬上美人　元　無名氏

舒玉笋絲韁款把,蹙金蓮寶鐙斜踏。裙拖著翡翠紗,扇掩著泥金畫,比昭君少面琵琶。天寶年間若有了他,那輪著楊妃上馬。

### 紅繡鞋　元　無名氏

花撲撲蟬開玉翅,顫巍巍蕊散金絲,寶妝成翠葉簇花枝。年紀兒纔二八,嬌滴滴正當時,我怎肯別尋芳辜負你。

### 水仙子　元　無名氏

娘心裏煩惱您兒知,搭伏在床前忙跪膝。是昨宵飲得十分醉,一時錯如今悔已遲。由奶奶法外凌遲,打時節留些兒游氣,罵時節存些兒面皮,可憐見俺兒倆終是兒女夫妻。

### 紅繡鞋　元　無名氏

黑鬢鬢高堆雲髻,曲彎彎黛掃蛾眉,綻櫻桃微露玉粳齊。十分的嬌體態,一捻兒小年紀,也消得靠鴛屏捱鳳體。

### 紅繡鞋　元　無名氏

祆廟火燒著皮肉,藍橋水渰過咽喉,緊按捺風聲滿南州。畢罷了終是痕迹,成合了倒算風流,不怎麼啊人也道有。

### 紅繡鞋　元　無名氏

談笑間機鋒巧鬥,舉止處空便搜求,好一會忽又歹一籌。閑啼哭為甚題目,惡糾纏正好開頭,明無情暗兒裏有。

## 喜春來　元　無名氏

夢回酒醒初更過，月轉南樓二鼓過。玉娥低喚粉郎啊，休睡波，良夜苦無多。

## 醉太平　明　周憲王

恰珠樓宴徹，把玉液斟竭，困懵騰嬌眼半睜者，綻桃花嫩頰。步香塵立不穩金蓮趄，啓朱唇語不定雛鶯咽，嚲烏雲扶不起綠鬟斜，醉了麼姐姐。

## 懶畫眉
**春閨即事**　明　沈　仕

東風吹粉釀梨花，幾日相思悶轉加。偶聞人語隔窗紗，不覺猛地渾身乍，却原來是架上鸚哥不是他。

## 懶畫眉　明　沈　仕

海棠花相並愧無香，笑臉兒盈盈罷曉妝。春風微動翠羅裳，分明一點芳心蕩，莫不是昨夜峰頭遇楚王。

## 胡十八　明　陳　鐸

才說些好話兒，烘的早臉兒變。道不本分使閑錢，伏低做小索從權。跪在他面前，曲膝似軟綿。所事兒不敢說，一千個可憐見。

## 胡十八　明　陳　鐸

天生下俏臉兒，所事的都相稱。道傾國也傾城，腰肢嬝娜步輕盈。半晌家定睛，越教人動情。模樣兒都記得，悔不曾問姓名。

## 胡十八
### 集諺語　明　金鑾

好漢錢只待去還,涎頭債不住的要。藏頭蠍笑中刀,茶裏不著飯裏著。長擔子短挑,慢鍋兒緊燒。咬著肉不覺疼,忍著氣轉陪笑。

## 掛枝兒　明　劉効祖

我教你叫我一聲兒你只是不應,其實你不等說就叫我纔是真情。背地裏只有你共我還推甚麼佯羞佯性,你口兒裏不肯叫,想是心兒裏未必疼。你若是有我的在心兒裏也,爲甚麼開口難得緊。

## 玉胞肚
### 春郊邂逅　明　梁辰魚

爲貪閑耍,向西郊常尋歲華。霎時間遇著個喬才,想今年命合桃花。邀郎同上七香車,遙指紅樓是妾家。

## 玉胞肚
### 吳宮詞　明　梁辰魚

雙雙蘭漿,採蓮歸重催晚妝。看西施舞罷纖腰,半含嬌笑倚東床。芙蓉帳小夜添香,楊柳風多水殿涼。

## 駐雲飛　明　梁辰魚

小小冤家,拖逗得人來憔悴煞。雅淡堪描畫,舉止多瀟灑。咱,曾記折梨花,在荼蘼東架。忙訊佳期,倒答著閑中話,一半兒囂人一半兒耍。

## 集賢賓　明　曹大章

如花解語還自羞,似啼鶯恰恰香喉。人在心頭歌在口,心中意歌中人知否。春心暗透,到關情秋波玉溜。今夜酒,明夜是斷腸時候。

## 步步嬌
### 憶虞氏小姬　明　王驥德

小小鴛鴦思珍偶,未許春風逗。花枝一捻柔,嬝嬝婷婷,十三嬌幼。羞澀怕回頭,可憐正是愁時候。

## 皂羅袍
### 同上　明　王驥德

曾記桃花窗牖,正金屏人悄,偷結綢繆。朱唇一點殢人羞,紅羅三寸拈鞋瘦。燈明燈暗,匆匆畫樓,春深春淺,纖纖蕊頭,許千金不惜神前咒。

## 江兒水　明　施紹莘

小步金蓮困,清歌玉版浮。軟條條楊柳和腰瘦,熱惺惺檀紐連心扣,淡朘朘秋水和眉皺。把俺骨髓春風熏透,兩袖雙籠,只覺臂環頻溜。

## 皂羅袍
### 贈董夜來　明　施紹莘

如此掛人懷抱,把情根一瓣,種活心苗。梨魂已被杜鵑銷,楊花一任春風鬧。屏間燈燼,餘花自飄,枕邊茉莉,餘香亂拋,於中有事郎知道。

## 鎖南枝　明　兩峰主人

千般念,萬種愁,今宵把來都盡勾。涼月浸青樓,溫香滿紅袖。燈兒下,波暗流,玉纖纖,先在手。

## 羅江怨
### 夢合　明　無名氏

怎知你偷趁高唐雨不收,審分明誰把這情緣叩。恁痴魂先引起幻中由,怕柔腸乾惹下相思臼。還愁你嫩蕊嬌香,早跌倒在巫山岫。虧殺你盼書生臉兒忍羞,許情郎身兒軟投,可也破瓜時,一霎兒難禁受。

## 二犯滴滴金
**夢合**　明　無名氏

閑拖逗,睡魂中委實風流。雖則是空裏綢繆,問蜂黃而今在否。還不會有交親比目和同,誰信這没指證的鴛鴦交媾。只問你枕花陰怎不把金釵溜,卧蒼苔怎不把湘裙皺。搜腰肢腿不下芙蓉袖,揣酥胸擺不脱丁香扣。任眠花藉草把雨雲羞,還嗔鶯怪燕怕風情漏。有一日燭影搖紅照好逑,你少不的慢凝眸,看可是夢兒中那人依舊。

## 香轉南枝　明　無名氏

更深静悄,把被兒熏了。看看的月上花梢,静悄悄全無音耗。敲殘了更鼓兒他便才來到,見我這臉色兒不妙,忙跪在身前告。我假意兒焦,他偷眼兒瞧。甫能咬定牙兒,其實忍不住笑。

## 一半兒　清　鄒樞

小心兒一顆似櫻桃,小肉兒鮮紅小柄兒高。小核兒當中暗暗的包,剖開瞧,一半兒玲瓏一半兒皎。

## 一半兒　清　鄒樞

燭明香暗被池烘,隱語撩人意未通。斜展秋波一笑濃,假妝聾,一半兒糊涂一半兒懂。

## 一半兒　清　鄒樞

水晶簾底看真真,戲把烏雲問一聲。可否親裁贈與人,笑回君,一半兒心疼一半兒肯。

### 一半兒　清　鄒樞

秦淮水膩櫓聲遲，記得河房掠過時。隱約回眸一笑孜，透相思，一半兒窗紗一半兒紙。

### 一半兒　清　鄒樞

筵前苦為我辭樽，祇道身軀弱不勝。若謝看承分轉生，俏恩情，一半兒推辭一半兒領。

### 懶畫眉
**箴詞**　清　趙慶熺

問郎年紀究如何，要與兒家差不多。韶華生小怕蹉跎，不比儂年大，儂便蓋上鴛鴦印一顆。

### 清江引　清　無名氏

轉過雕闌正見他，斜倚定荼䕷架。佯羞整鳳釵，不說昨宵話，笑吟吟搯將花片兒打。

### 百媚嬌　清　無名氏

可喜你天生成百媚嬌，恰便似活神仙離碧霄。度青春年正小，配鸞鳳真也巧。呀，看天河正高，聽譙樓鼓敲，剔銀燈同入鴛幃悄。

### 可人曲　清　無名氏

你是個可人，你是個多情，你是個刁鑽古怪鬼靈精。你只有一樁兒不算靈，我說的話兒你全不信。只叫你背地裏去打聽，才知道我疼你不疼。

### 拋紅豆　清　無名氏

說甚麼親親熱熱都甘罷，且做個妹妹哥哥像一家。誰承望姑娘人大心還大,陡怪我心中有著了他。只如今偏共旁人閑磕牙,倒對我三朝四日無回話。你苦的没了親媽,我恨的有個狠耶。唉,忍教我白費了一番牽掛,有冤枉向何處嗟呀。

### 一半兒　清　無名氏

冶春天氣索春饒,小扇輕羅障臉潮。蝴蝶害人三五遭,美人腰,一半兒支持一半兒裊。

### 一半兒　清　無名氏

今朝纔入小鶯巢,畫板秋千掛得高。攜手後園繞一遭,吃櫻桃,一半兒微酸一半兒好。

# 北曲拾遺

# 序

《北曲拾遺》，范氏天一閣藏鈔本。歲乙丑，吾友任中敏得之海上。以眎余，出明賢之手殆無疑也。嗟乎，曲籍湮淪，北詞寖廢，僅存片羽，拱如珍璧，況襃然成帙者乎？且作者姓氏，有不詳於他書者，使此編不傳，幽光終閟矣。乃與中敏盡旬日力，斠校一過，然後亥豕魯魚，庶幾稍免，雕棃鐫棗，尚俟方來。盧前飲虹簃記。

此書確係明鈔，因余見天一閣舊藏《樂府羣玉》鈔本，紙格行款，皆與此同，可以為證也。寒雲題為天一閣舊物，應非虛謬。景世珍、虞味蔗、洗塵、湖西主人他書皆無所見。洗塵有壽楊南峰小令，其賞燈套題正德乙亥正月作，則其時代可斷矣。舜耕南峰，所作殊豐，而明代諸選，所登甚鮮，此書內為各録一套，至為可貴。景世珍《點絳唇》嘲揚州鹽商套詞頗詼詭，向見於《雍熙樂府》，而不知作者。有此乃可據補。《誤入天台》與《虎頭牌》兩套，與《元曲選》所載不同，足資參校。俏書生《斷酒色財氣》一名，極類雜劇，又恰有四套，且宮調各異，疑即一劇中之四套也，自來劇目內未見有此，尚待考。最可喜者，廿七套文字雖多闕誤，不易成誦，而小令五十四首則首首完整，他書所不見，如《出隊子》、《阿姑令》、《皂旗兒》，用調均甚新奇，文字亦多豪辣，殊出意外。書名《北曲拾遺》，雖無南曲，尚有南北合套，更不知所拾何遺。廿七套中見於《雍熙》者七，茲已略相校訂，他書則尚未及一一尋勘。與此本同列肆中者，有《葉兒樂府》八册，亦明鈔舊本，字楷端正，紙幅整潔。全書實從諸選本掇録而成，而獨冠以"張可久小山撰"數字，意在炫俗欺人，轉不若此書之善矣，並以值昂，未能致之。

十四年一月八日購歸燈下漫筆任二北

# 套 曲

明無名氏撰　江都任訥二北金陵盧前冀野校訂

## 〔仙呂〕點絳唇
### 登高有感金陵景
景世珍作

風急天高，碧梧零落秋光老。滿目蕭條，倦客傷懷抱。

### 混江龍

良朋相約，青蚨常向杖頭挑。黃雞紫蟹，新酒佳餚。重驛樓前堪放懷，雨花臺上好登高。東望着青龍隱隱，西觀着白露迢迢。北觀着鍾山佳麗，南覷着天印清□。山拱固，水相朝，城輻輳，路迢遥。隱龍蟠，藏虎踞，帝王宅。駕香車，乘寶馬，長安道。人在洞天福地，身居蓬島雲霄。

### 油葫蘆

道院禪宮接近着，街聚寶。浮圖舍利出青霄，琉璃殿宇金光耀，堆藍聳翠祥光罩。啟朱扉見碧峰，撫雕欄臨畫橋。烏衣巷黎庶朝歡樂，鳳凰臺仙子吹夜簫。

### 天下樂

萬戶千門朝，宴樂歌謠惟善寶，願皇圖萬年齊壽考。有仁義，有道德，無誅伐，無戰討，以此上無危民自朴。

### 那吒令

拔山力楚霸王恥江東父老，認賢良孫仲謀倚江東自保，羨嬌奢陳後主把江東喪了。想齊梁晉宋陳,有朱李石劉郭,不多時天數輪着。

## 鵲踏枝

争如我大明朝,邁唐堯。一班兒宰輔匡扶,盡都是武略文韜。演武的勝孫楊衛霍,修文的賽伊尹皐陶。

## 寄生草

百姓每農桑罷,官司每稅斂少。旋燒紅葉炊香稻,亂舖桑葉蒸新棗。閑栅竹葉徧籬落,雞栖豚柵掩柴扉,鴉驚犬吠無人到。

## 六幺序

詩句拙思陶令,醉鄉如孟老□。我將這一年的好景勾銷,你看那菊綻金包,楓染紅梢。露華濃妝點林梢,渚蓮愁一夜紅衣落,漲沙汀霜壓寒潮。繞秦淮粉褪芙蓉萼,映斜陽白蘋紅蓼。趁西風斷梗殘蒿,雨霽虹銷,笑傲東皐。酒放英豪,曲唱風騷,更有那新糯糍糕。我將這綠橘黃橙自剖,慢斟着軟玉瓢。俺本是個山野□樵,又無堪官法差徭。儘開懷樂樂淘淘,任西風吹落烏紗帽,酒淹濕衣敝麻袍。功名富貴都休道,看了他有興有廢,争如俺無諂無驕。

## 尾聲

你看那投遠樹暮鴉棲。寫長空賓鴻叫,乘興何辭路遥。只聽得城上人催頻擊柝,慢騰騰行過溪橋,眼酕醄稚子扶着。斜倚衡門帶月敲,今朝醉了明朝期約,咱兩個重扶殘醉緊相邀。

## 〔正宮〕端正好
### 雍熙樂府題大打圍射雕

擁□騎擺圍場,出四野尋郊蓻。穡師每禾稼皆熟,爲陳田害宜時候,因此上交飛放分前後。

## 滾繡球

　　氣昂昂的駕着俊鷹,雄糾糾的牽着細狗。習射獵夏苗秋狩,順時令秋獮春蒐。列兩行寶雕弓雁翅齊,擺數重花車弩魚鱗也似稠。施謀略布禽捉獸,顯英雄健將封侯。威凜凜的人如越嶺巴山獸,勢昂昂的馬賽翻江出水虬,端的是肥馬輕裘。

## 倘秀才

　　我則見翠凋盡枯荷敗柳,我則見綠陰重山松澗竹,方信道明日黃花蝶也愁。起西風淅淅吹,敗葉嚮颼颼□,寫在丹青扇頭。

## 塞鴻秋

　　細濛濛露養的芙蓉秀,冷清清霜壓的梧桐瘦。碧粼粼水漾的波紋縐,響潺潺泉瀉的似瑤琴般奏。丹桂異香飄,紅葉胭脂透,驀聽的韻泠泠山鼓鳴岩溜。

## 快活三
### 雍熙樂府作蔓青菜

　　山林中並無一個採柴叟,水面上那有一隻釣魚舟。衆獵士張羅布網繞遭週,端的是個個難逃漏。

## 鮑老兒

　　弓□開張狐兔憂,箭簇下如何救。鑼鼓鳴時虎豹愁,叉槍下應難受。盡擒住黃羊黑熊,山麋野獸,麋鹿猿猴。我則見犬拿狡兔,鷹搏飛鳥,鶻打寒鳩。

## 柳青娘
### 以下雍熙所載悉與此異

一個個威風的這糾糾,施謀略,運機籌。一個個精神的這抖搜,顯踴躍,逞擸搜。端的他開弓蹬弩百事有,驚起那千般猛獸,擁旌幢百萬貔貅。則這錦鞍韉金□馬,金□馬,紫貂裘,紫貂裘。

## 道和

是他睁眸,猛的擡頭,見鷹拿狡兔忒猾熟。緊相逐風車般人馬,他可敢不停留。停留踢身軀,揎袍袖,馬如龍,□如獸。左右左右陳網鈎,四圍四圍擺戈矛,虎豹虎豹如何走,麞狍麞狍難搭救。四野田疇,滿目林丘,人馬擸搜,弓矢如流。我則見風團般風團般馳驟馳驟紫驊騮。

## 〔商調〕集賢賓
### 王舜耕述懷而作
#### 據雍熙樂府校

二十年一場虛夢境,剛熬到知足好前程。幹家私如還了冷債,置田宅做到了空營。鑽故紙錯認作多識多知,覷先賢參透了無用無能。好光陰恰如形共影,緊漫裏將咱來纏定。因此上朱顏忙裏減,白髮暗中增。

## 逍遙樂

那時節僥倖,覓火鑽冰,扒山弄井。更那堪作怪成精,大模大樣妝妖則在這小路兒上行。動不動誇強賭勝,只指望休貧休老,休病休閑,休死休生。

## 金菊香

□恰原來一聲呼喚一聲應,一日天陰對那一日日晴。春景暮又早秋暮景,歲月相仍,落花流水兩無情。

## 醋葫蘆

閑來時縱步遊，悶來時側耳聽，起頭枝上有流鶯。隔紗窗只喚的人睡醒，把世情打併，按龍泉長嘆了兩三聲。

## 醋葫蘆

浮生命運薄，虛名聲勢輕，東棚西拽苦伶仃。因呼四道教精細省，憑何作證，淡文章改抹做受生經。

## 梧葉兒

一粒米針穿着用，半文錢錐扎也似疼，但開口昧神靈。養兒女啣泥燕，愛錢財競血蠅，眼睜睜是一個充饑畫餅。

## 後庭花

靈臺如鏡明，神光似水清。暗裏算十分會，明中除無半點兒贏。枉施逞，者麼你扳爲斗柄。拔山力勢已傾，苦天財醉未醒。金谷園草色青，馬嵬坡血氣腥，四般兒誰不曾。

## 青哥兒

呀，一個個裏邊廂扎挣，扒不出活落深坑，倒懸中配上個無星稱。何日滿，幾時平，方信道吾也難明。

## 尾聲

<small>雍熙作餘文，全與此異</small>

掉風飄積攢成，拖地膽籠定，□虛脾火上上弄冰凌。老閻羅大開着門戶等，者麼你口強牙哽，末稍拳使不□強星星。

## 夜行船
### 和馬東籬韻
湖西主人作

一世功名夢□蝶,成和敗到大休嗟。緣鬢刁騷,朱顏衰謝,似螢火霎明霎滅。

## 喬木查

嘆先朝殿闕,傾倒在寂寞蓬蒿野。衹落遊人作笑說,想當年爭用功,陣擺長蛇。

## 慶宣和

亡命捐軀入虎穴,漢國三傑。四海纔安自摧折,數也,命也。

## 落梅風

初得些志意便奢,恣顛狂不分明夜。傲人心只恁堅勝鐵,一味裏醉花邊月。

## 風入松

日移簾幙又欹斜,光景轉天車。堆金積玉湯澆雪,宦情淺,翻掌更別。遁跡林泉自拙,細思量誰巧誰呆。

## 撥不斷

俗緣竭,舊情絕,乾坤到處無干惹。午樹團陰滿徑遮,青山蘸影浮萍缺,忽聞的酒香村舍。

## 離亭宴煞

看六龍捧鏡天邊貼,賣雙魚移艇溪頭歇,豁然間頓徹。□似水中漚，勢如風裏絮，利是刀頭血。結南陽隱士廬，入西洛耆英社，仗精神樂些。正翠縷裊爐香，黃花撩飲興，白酒浮蕉葉。除悲歡聚散中，得幾個閑時節。趁早的回頭看者，打疊起是非心，老先生悟了也。

## 村裏迓鼓
### 據雍熙樂府校

　　正值着麗人天氣，可正是賞花時候。你看那花紅柳綠，繞着這社南社北，庄前庄後。只見這柳絮飛花似錦，江山清秀。他每都攜着美醞，穿着紅杏，約着翠柳。呀，只吃的笑吟吟醺醺帶酒。

## 元和令

　　錦模糊江景幽，翠崚層遠山秀。正值着稻分畦，蠶齊簇。麥初熟，太平人間袖手。趁著古堤沙岸綠陰稠，纜船兒執着釣鈎，着釣鈎。

## 上馬嬌

　　我將這錦鯉兒網索來收，村務內酒初熟，恰歸來半醉黃昏後。暮雨收，牧童歸去倒騎牛。（遊四門）正是楓林梧葉報新秋，呀呀寒雁過南樓。正遇着雞肥蟹壯秋收後，霜降水痕收。朋友留，乘興飲了兩三甌。（勝葫蘆）正值淺碧粼粼露遠洲，賞紅葉一枝秋，三徑黃花景物幽。趁着這豐年稔歲，太平簫鼓，酒醒時節再扶頭。

## 後庭花

　　我只待尋梅花邀故友，踏雪沽醾酒。寶篆焚金鼎，濁醪飲巨甌。只吃的醉時休，酒杯中不夠。村塢內琴劍留，倉廒中將米麥收。渾酸醋甕底蒭，再邀住林下叟。

## 柳葉兒

　　我直吃到二更時候，正誼譁交錯觥籌，一任交月移梅影橫窗瘦。心相愛，意相投，醉時節納被蒙頭。

## 〔商調〕集賢賓
### 元夜春情寓京師作
湖西主人

賞元宵鳳城春意好，芳塵擁暗香飄。鬧叢叢行行珠翠，笑吟吟隊隊妖嬈。和新詞月底潛行，送春情燈下偷瞧。使司空一時腸斷了，勾引的意穰神勞。恨不的佳期傳綠綺，仙夢赴藍橋。

### 逍遥樂

通宵歡樂，社火縱橫，鰲山縹緲，蠟炬齊燒。動人情燈月光交，舞東風袖羅噴麝腦。髻高盤帕裏絞綃，看那沉魚貌美，飛燕身軟，吹鳳聲嬌。

### 金菊香

則看那滿城燈火照青霄，沿路簫韶按六幺。繡球燈影，妝其實巧，□□高挑。風色暖，燭花搖。

### 醋葫蘆

則看那琉璃燈萬碗明，則看那翡翠燈千盞著。縱蓬萊仙境也難學，捲珠簾玉人憑畫閣。端的是郎才女貌，醉乜斜眼，俊利如刀。

### 醋葫蘆

則看那月兒瀲灩圓，則看那花兒爛熳好，多情花月故相撩。猛可裏鬧中厮撞着，不由的莞然失笑，酩子裏間把話兒嘲。

### 醋葫蘆

則看那春山八字斜，則看那金蓮三寸小，則看那纖腰妬柳一團嬌。

結絲蘿幾時成就了，我和他相偎相抱，我和他生死不相拋。

## 梧葉兒

對面燈兒下，擡頭月兒高，執手興兒飄。不得鴛鴦會，無能琴瑟調。惹怨與添焦，頃刻把休文瘦了。

## 後庭花

則看那放華燈直到曉，列珍筵連數朝。火樹銀花綻，星□錦浪潮。今夜長怎生熬，你處覓紅綃。密約翠衾寒□不著，寶香殘，細烟裊。影兒孤，魂暗銷。病兒命未保。這相思何日好，這想思何日好。

## 青哥兒

□終有個同歡同歡同樂，雨雲雨雲齊效。月底花前□宴酌，春滿眉梢，情逐心苗，燈結蘭膏，弦屬鸞膠。擲千金一刻也難消，天順了人之好。

## 浪裏來煞

慶□年良夜迢，喜燈期芳景好。更那堪聰明俊俏，兩逢□助風流一天星月皎。我和他撚香的道，願團圓百世鳳鸞交。

## 〔仙吕〕點絳唇
### 俏書生斷酒色財氣　酒

引得我十載疏狂，半生浮浪江湖上。弄斝傳觴，終日如泥樣。

## 混江龍

百錢掛杖，不離了長安市上滿糟坊。每日價東歪西倒，地老天荒。酩酊醉中熬日月，葫蘆提裏過時光。幕天席地，海量詩腸。無醒無醉，難捨難忘。常則恨玻璃盞小，每愁鸚鵡杯乾，金盤露清光滑辣，玉壺春馥郁馨香。珍珠紅色欺琥珀，蓮花白味勝醍醐。黃封頭沾唇似蜜，滿殿□到口如酥。葡萄滿濃濃春色，竹葉清淡淡秋光。問什麼瑤池玉液，紫府瓊漿。消悶意，解愁腸，和百事，順三光，享天地，協陰陽。這滿添佳人顏色十二分壯，書生豪氣三千丈，灌得我心頭耿耿，鬢髮蒼蒼。

## 油葫蘆

幾番假醉倒佳人錦瑟傍，情興狂，不管他淋漓淹濕繡衣裳。這酒呵，送得個李太白捫月向江心裏喪，引得個陶淵明賞菊在籬邊望。這酒誤事情失了勾當，縱然有捲江濤汲海浪十分量，也敢糊突了錦心腸。

## 天下樂

則是個惹禍招非亂性湯，時常念念想，不問窮的富的每都一樣。多飲呵心性狂，痛飲呵膽量剛，端的是誤功名紙半張。

## 那吒令

我想那製造的杜康般醞釀，合着那貪飲的知章般文黨，都不好吃的劉伶般度量。問什麼地上眠，墳中葬，醉了也何妨。

## 鵲踏枝

自□湯至隋唐，這酒也曾損害忠臣，屈殺賢良。都失了三綱五常，害得人禮義俱忘。

## 寄生草

為你呵，長安市誅了韓信，黃鶴樓□了漢王。醉得個□晉王，壞了英雄將。党太尉不出銷金帳，楚懷王懶坐盤龍亢。須不曾三遭醉倒在岳陽樓，端的幾番夜宿平康巷。

## 金盞兒

這酒吃了後,不顛狂也顛狂,不剛強也剛強。那裏是和人順世瓊花釀,享天祭地紫霞漿。這酒助佳人淫慾膽,發壯士狠毒腸。吃了後無所益,不飲後又何妨。

## 尾

罷罷罷,再不把玉壺沽,金貂當,一任他朋友每開樽砭觴。也不管今日扶頭明日嘗,儘交他開宴出紅妝。我向那水雲鄉,洗滌了酒膽糟腸。尋取了盧仝做伴儅,想着那光陰易往。便醉倒百年之上,只落得三萬六千場。

## 〔正宮〕端正好
### 色

誤□我十載看書心,一舉登科意。不能將姓名向金榜上標題,只落得二十年錦陣花營內,受了些倒鳳顛鸞會。

## 滾繡球

色呵,爲你設了些山海盟,赴了些鶯燕期,引得人似癡如醉,一時刻不肯相離。色呵,知他你是什的。何所爲,但沾你的不伶不俐,直熬得人水盡鵝飛。我便是蒙頭撞入迷魂陣,開眼相逢打劫賊,有甚便宜。

## 倘秀才

色呵,爲你呵引得個漢相如臨卬市上滌器。引得個鄭元和悲田院乞食,引得個崔懷寶私入宮庭惹是非。你曾武陵溪迷了阮肇,你曾海神廟取了王魁,你也曾教張京兆畫眉。

### 滾繡球

你道是酒不醉人人自醉，色不迷人人自迷，也是你有心情把人調戲。無因由誰肯相依，實事虛虛事實，你有若干來説不盡的情罪。敢送得人有藥難醫，你曾將書呈白雁雲中寄，你曾把詩向丹楓葉上題，費了人心機。

### 呆古朵

色呵，我爲你將少年心不錯千金費。恨不得一擔兒收，□送得人有國難投，有家不歸。一個個招災禍，一個個忘家國。那裏是傾城色，解語花，則是個吃人心索命鬼。

### 滾繡球

色呵，爲你呵摘星辰剖了比干，洞庭湖悶了范蠡。送得個唐明皇幸蜀遷位，引得個周幽王驪山上舉火爲嬉。你端的□惹是非，起戰敵，傾送了幾朝皇帝，眼睜睜播亂華夷。戀着你海枯石爛心難捨，貪着你的財散人離。命必虧，生熬人白髮消稀。

### 倘秀才

常記着花中酒裏，不離了星前月底。恰便是村裏夫妻，步步隨。他心順，我心迷，如膠似漆。

### 滾繡球

爲你呵，功名難進求，詩書倦看習。則獨要倚紅偎翠，誤了人柳眼星眉。不能夠步金堦上玉堂，插金花飲玉杯。則被你糊突了我浩然之氣，纏繳得人染病尤疾。將我心猿緊緊羈留住，意馬牢拴不放回，憔悴了容儀。

## 叨叨令

色呵,怎禁你那虛心冷氣將人智,怎禁得你那甜舌謊□將人憶。怎禁得你輕憐痛惜將人瀰,怎禁得你薄情淺意將人記。則被你迷殺人也麼哥,怎禁得你那巧言令色將人説。

## 脱布衫

□得人有藥難醫,引得人意在心迷。使得人亡家破國,纏得人夢隨情繫。

## 小梁州

則爲你悮了一舉成名天下知,顯耀光輝攀龍附鳳那□機。不能够求名利,恰便是睡夢裏過了三十。(么)將錦心繡腹消磨碎,壯志狼藉。把竊玉心偷香意,從此再休提。

## 尾

我將你詩書經典從新理,把雪月風花自此離。再不做崔護去覓水,再不似秋胡去戲妻。再不似謝安東山攜愛姬,張珙西厢染病疾。歌舞樓前絶念意,風月場中別聚會。一任鶯兒燕子啼,不管蜂媒蝶使飛。將摘葉揉花手不攜,詠月嘲風口不提。向小書齋將經史集,陋巷寒窗把文墨習。想着你有苦無甜那滋味,便是再出世的冤家也勸不得你。

## 〔中呂〕粉蝶兒
### 財

擺□着鎗刀,向虎狼叢風波海,那答兒不到。使得我鬢髮蒼蕭,二十年不能安樂。

### 醉春風

□便似救命護身符,快心如意寶。經營如燕子壘窩巢,常不能了了。受了半世驅馳,數年辛苦,幾場懊憹。

### 普天樂

我爲你受風霜擔煩惱,披星帶月,過嶺登高。恨不得似石季倫儘意貪,誰得似龐居士無心要。無夜無明,交□鬧,那裏管犯法違條。

### 滿庭芳

愁得人老了,憂得人瘦了,害得人忘了。那裏問連雲棧閣,也不管山崩地瘴,雪浪風濤。恨不得天涯海角都行到,忍辜負了月夜花朝。那裏問嬌滴滴妻兒懊惱,痛殺殺父母劬勞。傷懷抱,心中想着,則是個無鋒刃殺人刀。

### 上小樓

爲你呵將家鄉背了,把功名拋撒。疏了親朋,罷了清官,惡了知交。夢想着坐想着爭強伏弱,恨不得捨殘生問人強要。(么)有你呵胸氣高,膽氣豪,列鼎而食,重裀而臥,花朵而嬌。居繡閣,衣金貂,追歡買笑,你搬得世□事七顛八倒。

### 耍孩兒

恨不得送窮船滿載妝成了,又恐怕被石崇恥笑。想黃□有許來高,則不知孰時間眼不相拋。我從今日再不把心兒愛,去後那能把眼角兒睄。有幾個將君好,你與我從頭分說,逐一評跋。

### 九煞

這□人爲你呵,但開口便順情,但行事必弄巧。爲你呵,將朝廷選法都差錯，爲你呵，將清廉忠正沉埋了，把貪濫奸滑的舉保高。全不從公道，不分寃枉，不辨清濁。

### 八煞

這令史爲你呵，虛的紐做實，大事翻做小，掌刑名全不從公道。爲你呵，向招伏裏面生枝節，書案旁邊說善惡，常恐怕分巡到。把窮民看如荆芥，將富户敬似瓊瑶。

### 七煞

這和尚爲你呵，立疏頭向施主行求，持鉢盂在鋪户家討，全不守如來教。爲你呵，將梵音佛號無時請，把法鼓金鐸徹夜敲。那裏替我佛傳道，不肯修身養性，摩□鶴巢。

### 六煞

這道人爲你呵，與人家做主，行替亡靈告赦表，專打聽人追齋醮。那裏肯一心守道修功行，那裏肯半夜朝元上碧霄。不管他全真笑假，書符遣祟，呪水驅妖。

### 五煞

這婦人爲你呵，私通人鶯燕期，暗和人鸞鳳交，全不守□人道。爲你呵，則待要妝施脂粉迷人眼，瞞昧兒夫寄簡約。不待要門閭求旌表，又不顧傍人笑。指姨□搬挑。

### 四煞

這富的爲你呵，越貪圖越愛憐，越求謀越取討，恨不得蓋一座通行廟。爲你呵，恨不得開一千處典庫收利息，發五百行頭走海道。不恨多，常言少，爲你呵，將官吏看如親眷，百姓每覷似兒曹。

## 三煞

這窮的爲你呵,衣不能遮身上寒,食不能教腹内飽,恨不得爲賊盜。爲你呵,將六親九眷無情意,把四妹三兄絕舊交,恨不得把閻王來告。無人瞅睬,誰肯招邀。

## 二煞

這神明爲你呵,向風波處顯聖靈,凶危間見果報,去關津要路上興祠廟。爲你呵,差焚化爐小鬼看臨守,立分表司判官掌簿消。爲你呵,將祈禱舟車保護,臨□世照鑑。

## 尾

我如今舒着心再不敢把你貪,袖着手再不敢把你來□。想着順人情傳世道行鈔,告別了,從今斷罷了。

## 〔雙調〕新水令

### 氣

險些兒將寒心燒做火焰山,急回頭只落得一聲長嘆。嗟吁得日月暗,夜夢斗牛寒。充塞乎天地之間,按不住邀雲漢。

### 雁兒落

使得個韓元帥九里山,楚霸王烏江岸。鬥得個題橋的司馬憔,引得個濯足的高王慢。

### 得勝令

則被你破我滿腹舊愁煩,耗散了一枕夢邯鄲。引得個人爭強弱,搬得個人不静辨。當間送了些英雄漢,今番鎖心猿還不還。

## 雁兒落

爲你呵,是非場曾掛眼,鬧市裏鑽頭看。幾千般起鬥争,十數遍遭磨難。

## 掛玉鈎

覷得殘生似等閑,便使呵心如憚。爲你呵,難把心猿意馬拴,誰敢得突犯。捲海濤,衝霄漢,只落得短嘆長吁,皓首蒼顔。

## 折桂令

端的怒吞了天上人間,覷半紙功名,似匹如閑。爲你呵,染病尤疾,忘生捨死,斷義分顔。交一個班定遠問君在玉關,教一個王仲宣甘老在長安,都不肯養性修丹,使得人百計千方,斷了後再不回還。

## 鴛鴦煞

我想這般情物成虛幻,引得人生來心意無辭憚。我如今斷罷了休提,告別人休看。常道爲酒呵誤了前程,爲色呵瘦了容顔,爲財呵將妻兒親友都疏慢,爲氣呵,險些不與人馬平安。我如今一筆勾翻,再不把心兒意兒挽。

## 〔雙調〕錦上花
### 春景

太□司行,韶華方會,壯麗□皇都。乍回春氣,彩杖泥牛。□賞又集,料峭餘寒,却纔放早梅。

龍樓瑞靄凝□門,暖風迎。御沼泮輕冰,綠水漸平堤。林鳥含簧早已競啼,紫陌遊輪從頭行樂起。

## 南銷金帳

喜逢初歲，萬國朝丹陛，正堯天華滾垂。非霧非烟，但但見見慶雲搖曳，那更□殿殿庭庭花迎仙珮。春上龍顏，四四海海歡忻無際，盛鈞天奏奏韶韶和鳴□聖世。

## 北折桂令

早元宵燈影揚輝，百尺鰲山，突兀干霓。火樹銀花，長春不夜，光吐珠璣。調玉燭祠承太乙，持金吾澤溥群黎。畫鼓如雷，鮑老供諕。進上□重瞳，萬歲霞杯。

## 南江兒水

迤邐添春意，芳草萋萋。見粉牆上幾枝紅杏蕊，細垂絲雨潤林膩。過海棠又與酴醾值，静聽黃鸝嬌美。爛熳風光，果是繁華莫比。

## 北雁兒落

烟將柳畫眉，雨壓花成醉。花容得雨嬌，柳色逢烟翠。

## 北得勝令

花柳共春暉，遊玩賞芳菲。春酒臨花飲，春箏傍柳揮。徘徊，滿目春姿麗。新奇，陽春物象熙。

## 南疊字錦

最好日麗畫幀，花事有期。錦屏圍，莫不是夭桃綠間緋。韶光盛布東風，上林紛鬥艷，爭說院落一樹梨。□御樂奏，酒醱碧泛罍。又報道靈芝□生燁燁，甘泉瑞木一併現□當今世。最好日麗畫幀，花事有期也。

## 南沉醉東風

漸□楊藏鴉可窺，更芳叢舞蝶相繼。亭臺上稱尊攜廣□下食罍，住笙歌一派聲沸。條風細吹，花香暗馳，鶩睹繡禽，飛來樹底。

## 北川撥棹

鶯恰恰傍龍旗，鹿呦呦親玉几。柳長新稊，花吐芳蕤，魚躍玻璃，雉擾文罿。單則因□吾皇聖德孚動，直樂無爲。

## 七弟兄

鳳池寒食酪腸肥，輕烟日暮侯家第。芳塘燕子正啣泥，清明時節秋千戲。

## 川撥棹

春明媚，愛融和增昬。日正永雲淡風微，牡丹暮開當瑣闈。幾叢嬌錦繡堆帷，香沉麝煤。

## 梅花酒

畫閣外淑景遲，對麗日情曦。將文史心怡，更撫按琴徽。春水溶溶滿太液，聽布穀禁林棲。巧歌吟堪愛惜，花爭發，景偏宜。殿餘春，落紅稀，落紅稀，又春歸。

## 喜江南

呀，論春來好景筆難題，遍人間明麗。共華夷，樂郊膏雨足農犂，歡慶洽四畿，誰不仰聖主德巍巍。

## 南餘音

良辰美景春爲最，賞年華無如帝里，永享億萬洪基。

## 〔南吕〕一枝花
### 雍熙樂府題為贈英國

麒麟閣上臣，虎豹關中將。名高金榜客，貴壓紫微郎。志氣昂昂，捧日月，光天象，保山河，壯帝鄉。紫金梁穩架滄溟，白玉柱高擎廟堂。

### 梁州

醉仙桃九重春色，拂玉爐兩袖天香。風雲豪氣三千丈，咳唾落珠璣顆顆，珮環搖金鈚鏘鏘。奇略包陰陽經訣，壯懷吞星斗文章。擁犰狳銀鎖光芒，動龍蛇赤羽飛揚。叱吒間靜比狐兔之臣，指顧裏掃西戎犬羊之黨，笑談間定南陲蠻貊之邦。遠方近方，黃童白叟知名望。一人下，萬人上，鐵券丹書姓字香，萬代輝光。

### 尾

玉醍醐金叵羅，肉臺盤氣氤氳，香靄蓮花帳。翠罘罳錦氍毹，珠落索光燦爛，春生柿蒂窗。會受用風流黑頭相，對槐陰晝長。趁和風晚涼，只聽得一派簫韶洞天裏響。

### 金殿喜重重

新綠池邊，猛拍欄干。心事向誰論，花也無言，蝶也無言。離恨滿懷縈牽，恨東君不解留去客，嘆舞紅飄粉飛絮。景依然，事依然，悄然間不見俺郎面。

### 塞鴻秋

俺相別時節，正逢著春海棠花初綻，蕊微分間。見雲時間榴花噴紅蓮，放沉冰果避暑搖紈扇。逡巡間菊花黃，金風起，敗葉飄，梧桐變。不覺的早臘梅開，冰花墜，煖閣內將香醪鏇。四季景偏多，思想心中怨。不知俺那俏冤家冷清清獨自個悶懨懨，何處躭嗟怨。

## 喜重重

自古風流悮少年,那堪處暮春天。生怕到黄昏,愁怕到黄昏,獨自個悶不成歡。換寶香薰被誰共宿,嘆夜長枕冷衾寒。你孤眠,我孤眠,俺正是夢兒裏相見。

## 貨郎兒

有一日稱了俺平生心願,成就了夫妻每謝天。天生一對兒好姻緣,冷清清擔着寂寞,愁冗冗受着熬煎。

## 醉太平

都只爲多情的業冤,今日個恨惹下情牽。想當初設山盟言海誓對神前,擔閣了風流的少年。有一日朝雲暮雨成姻眷,畫堂歌舞開歡宴,羅幃錦帳裏永團圓。花燭洞房成連理,休忘了受苦淒涼有萬千。

## 賺

行李都辦,早登程去心如箭。休苦留戀,漸覺江天紅日曉,遇臨行孜孜的覰着。心兒裏窨約,教人怎不埋冤。黯然分散,恁時兩處消魂。

## 惜春歸

恨縈方寸,使我心兒裏悶,那更萬綠枝頭聲聲的叫杜鵑。聽不如歸,教人恨轉添。雲時相聚,又怎知明日天涯孤館。羞見對柳眉彎淚眼,千萬里添縈絆。自從別後,休教人盼。向晚深深院落,聊爲你停針作念。待會日奈水遠山遠人遠。唱徹陽關,滿斟別酒,歸來又添離別歡。

## 尾

暫別登程休□戀,那斟處睹日如年,好似和鈎吞却線。

## 〔仙吕〕點絳唇
### 劉晨阮肇誤入天台

笑傲烟霞,利名休罷,把心牽挂。暗裏年華,青鏡曉添白髮。山間林下,(以下混江龍)藥爐經卷老生涯,眼不見車塵馬足,夢不到蟻陣蜂衙。閑來時掃白雲尋瑞草,悶來時自鋤明月種梅花。

### 混江龍

下慣去上書北闕,待漏東華。棘圍射策,薇省宣麻。捐軀爲國,戮力於家。怕斬身剛劍,碎惱金瓜。羨歸湖范蠡,笑嘆酒樂巴。嘆鶤鵬掩翅,懼狼虎磨牙。荒荒秦宮走鹿,淒淒漢苑歸鴉。嗚呼越勾踐,哀哉吳國夫差。自吊屈原湘水,每問賈誼長沙。延殘喘車伏不取,養終年斧鉞無加。躬庭柯乃瞻衡宇,友麋鹿而旅魚蝦。攜閑客登山採藥,呼村童汲水烹茶。驚瞻戰討駭征伐,逃塵穴,避紛華。棄富貴人就貧乏,學聖賢洗滌了是非心,共漁樵講論得興亡話。羨殺那知禍的塞公失馬,笑殺那問公私的晉惠聞蟆。

### 油葫蘆

一上天台石徑滑,踐翠霞,我則見這竹籬茅舍兩三家。聽得他夕陽杜宇聲啼殺,抵多少那春風桃李花開罷。雖不伴長沮事偶耕,學鴟夷理釣槎。常則是杖頭二百青蚨掛,抵多少坐三日縣官衙。

### 天下樂

也算個閑趁東風看落花,想起榮華誰戀他,敢則是瓦盆邊一場沉醉殺。快清風袍袖寬,捲紅塵路徑狹,更休提相逢不下馬。

### 那吒令

朝廷内怨殺薦賢的叔牙,林泉下傲殺操琴的伯牙,磻溪上老殺釣魚的是子牙。人情唊馬肝,世味嚼蜂蠟,紛紛塵事團沙。争如(以下鵲踏枝）我遠奢華，近清佳，火煉丹砂，水煮黃芽。牢拴住我心猿意馬，急疏開利鎖名枷。

## 寄生草

我情愿棄軒冕離人世，傍泉石度歲華。一任英雄並起圖王霸，烟塵並起興戈甲，異端並起傷風化。我和你韜光晦迹去這老山中，那裏裏齊家治國平天下。

## 寄生草

去去山無盡，行行路轉差。你看這裏白雲渺渺迷高下，不由咱寸心悄悄乢驚怕。見一個材翁遠遠相迎迓，我這裏爲迷山路問樵夫，抵多少因過竹院逢僧話。

## 醉中天

迅脚山之下，洗足水之涯。我正是失徑迷宗没亂殺，抵多少買得龜兒卦。我是個不求仕的東莊措大，你休覷的半籌不話。記不食吾宣匏瓜，又不識吾繫匏瓜。

## 金盞兒

你問我甚生涯，甚根牙。俺那裏看家猿鶴年高大，當門松檜樹槎枒。常則是道書堆玉案，仙珮叠青霞。我是這山中閑宰相，林下野人家。

## 後庭花

並不想有軒車有駟馬，則愿得無根椽無片瓦。出來的一品職千鍾禄，那裏有六韜書三略法。都是這個井中蛙，妄稱尊大。比周公不握髮，似陳蕃不下榻。空結實花木瓜，費琢磨晶水塔。斗筲器不久乏，糞土牆容易塌。兒童見驚訝殺，識者論他，不足跨下。

## 青哥兒

呀,空一帶江山江山如畫,止不過飯囊飯囊衣架。見如今寒滿長安亂似麻,每日價出入在公衙。省院行違,大道高衙,宰相頭踏。人物不似撐達,服色到奢華,心更奸滑,舉止少謙洽。紛紛擾擾由他,多多少少欺咱。言言語語參雜,是是非非交加。因此上不侍王侯,不求聞達,隱姓埋名做莊家,學耕稼。

## 尾

投至得山裏採芝回,早難比江上踏青罷。行得那路迢遥芒鞋邋遢,抵多少古道西風鞭羸馬。嘆明朝回道天涯,漫嗟呀,那裏也出入通達。不覺枯木寒烟噪晚鴉,回望着青山那搭,紅輪西下,兀良白雲深處有人家。

## 〔仙吕〕點絳唇

景世珍作　據雍熙樂府校

聖人道良賈深藏,儼然人望,都是虛謙讓。些(全不學)尊重安詳,出來的豪氣三千丈。

## 混江龍

一個個做模打樣,豈不聞有麝自然香。矜驕傲慢,聲勢虛張。通中不到一千三百引,嚮番了二十九鹽場。父親是尚書舅舅,母親是少保姨娘。動不動結交官長,來不來送酒牽羊。去不去鳴鑼擊鼓,行不行號袋旗鎗。南門李運司張,謁舊劉探新王。尋幾個歪皁隸立在店門前,覓幾個假軍牢擺列在船頭上。聽不得撤虛倒抗,覷不得詭詐輕狂。

## 油葫蘆

借了枝頭不下場,每日家没事忙。花錢酒債,□不□尋常。狂朋怪友來頻望,風姨月妹閑飄蕩。今日殺個豬,明日宰隻羊。到晚來偎紅倚翠定在銷金帳，抵多少窮漢每半年糧。

### 天下樂

擺列金釵十二行，怕不待風光風光滿畫堂，飛觥走斝開宴賞。怎不交人心下思，腹内想，最難傲壺中日月長。

### 那吒令

黑漆匣退光，紗羅衣滿箱。白綾被噴香，玉磚堵錦裝。紅氈條幾床，美人圖滿房。到晚來着處里偎，白日里沿門創，毋拘束放蕩行藏。

### 鵲踏枝

這壁廂飲瓊漿，那壁廂列壺觴。李四家者也之乎，張三家說短論長。帶兩個虛措脚幫閑的伴當，穿兩伴不著體怪色衣裳。

### 寄生草

綦盤領三寸闊，弓袋袖四尺長。帶一頂窄簷高頂京師樣，披一件揪頭刺褶新時樣，穿一雙捲尖跌腦興齋樣，麓絲縧勒在胯骨邊，細包巾裹在額顱上。一柳條擦的門亮，牙呵膠掠得水鬢光。他道是一人自有一人□像，那裏有年頭支過年梢帳。都原來羊毛出在羊身上，虛飄飄使幾貫鄧通錢，實丕丕捱幾下伯俞杖。

### 尾聲

路引在李家收，鹽引在蕭家放，倉鈔在陳家當。着處里撒白調慌，酒友詩朋劈面搶。到人前手脚荒張，檢空囊賣盡了衣裳。怎得閑錢顧小郎，虛飄飄鎖兩個籠箱。絮叨叨寫兩行支賬，只弄的撩丁孟撒不回鄉。

## 〔南呂〕一枝花

一年老似一年，一日衰似一日。黃金浮世在，白髮故人稀。日月如飛，有後輩無先輩。上心來都記得，今朝暮景桑榆，昨日春風桃李。

## 梁州

恰合眼黃粱熟，轉回頭滄海塵飛。想少年行樂嬉遊地，風臺月榭，柳徑花蹊，東城開宴，南浦分離。戀青樓雨約雲期，不提防老限相催。嘆韶光似駿馬加鞭，浮世事若落花流水，人心如飛絮沾泥。既然省得，不如醉□而復醒醒復醉，過一日少一日。且盡生前有限杯，快活了是便宜。

## 尾

俺那山妻行事多賢會，稚子爲人有鑒識，嬸子姪兒忒和氣。教他豐衣足食，怎肯瞞神謊鬼。若是有半點偏心，教我也不得到黑。

## 〔南呂〕一枝花

仕宦的則說仕宦的強，閑居的則說閑居的好。正是□山與秋色，氣勢兩相高。閑處光陰有幾個人知道，我觀那吃堂食的都黃瘦了。俺這裏雖無百味珍羞，可子綠水青山頓飽。

## 梁州

我看着山也添些壽數，喫口水做了脂膏。悶來時前後閑瞻眺，倦聽蜂衙喧鬧。識破那蝶夢飄飄，羨殺投林宿鳥。嘆盡唳月孤鴻，到大來無拘束散誕逍遙。我見不應性雖好焦心，虧不得綢曲出螻蟻排兵。看不得險滴溜溜蜘蛛鬥巧，記不得畫梁間燕子爭巢。好教我失笑。這的每青青多少無名草，何不隨緣分且甘老。一瓢滄浪正混濁，待教入漁樵。

## 尾

我則待和雲大□争頭角,説與那井底鳴哇柱叫嚎。我□他落得安然睡一覺,不的待身躯放倒。黑嘍嘍早睡着,他少□有三十個番身到不得曉。

## 〔雙調〕五供養　十七換頭　虎頭牌

愁冗冗恨綿綿,我如今赤手空拳。與別人給借了幾文錢,買到這一瓶村醪酒,我待與俺二個兄弟祖餞。眼見得難留戀,今朝間阻,知他是甚日團圓。

## 落梅風

□的這瓶口兒淨,斟得這盞面兒圓。望着這碧天邊,太陽澆奠。則俺那窮人家又無甚事咒願,□□□則願這則願兄弟每早能勾相見。

## 早鄉兒

此首元曲選無。

你如今扣着軍權,蒙着帝宣,早則恁兄弟每稱心滿願。離了家鄉,居在別地,輦學與你覷着莊田,守着墳院,正值着暮景衰年。

## 阿那忽

不是這老業人哀怨,我呵,便是無甚盤纏。有那這侍接來兩根兒竹箭,更有一條蠟打來弓弦。

## 慢金盞

我着這苦口兒教良言,勸酒毋貪才休戀。

## 忽都白

則要你久鎮着南邊,狹山谷前。統領着軍健,則要你把心兒行哏長便。

## 石竹子

山壽馬姪兒是軟善，犯着他的休想間。可憐罪若當刑，死而無怨。赤緊的元帥令者，哏如帝王宣。

## 大拜門

不想今朝常思幼年，到處里追陪，下些親眷。俺也曾吹彈着管弦，快活了萬千，大拜門撒墩家者筵宴。

## 山石榴

往常時我便打扮的別梳妝的，乾皂靴鹿皮綿團也似軟。我那一領繡襖子藍合線，(以下醉娘子)珍珠莞荳也似圓，揀擇着穿。則我那頭巾上砌的渾花兒，我那一條玉兔鶻金相遍。

## 不拜門

銀杯也似，麗兒着膩粉子填。墨定也似，鬢髯將絨繩兒纏。官員親將這籌筯傳，等着得安席盞兒巡遍。

## 么

趁着這者剌古笛兒悠悠咽咽，喧囂皮鼓鼕鼕的似春雷健。筵前前曾舞四篇，阿誰把我不誇羨。

## 也不囉

對着這衆莊院，諸親眷，送路排筵宴。去也去也程途遠，左右難留戀。

## 喜人心

今朝別後，再要相逢，則除是俺看時節夢見。夢見時也不似這便，□是我兄弟上僕落，嬪子兒行熬煎，姪兒行埋冤。何好弱難分辨，貴賤難褒貶。

### 醉娘子

你可拋閃殺也麼去也麼天,我如今無吃無穿。無賣無典,一年不如一年。

### 月兒彎

則俺那生忿的醜生有人京都曾見,茶坊酒肆每日在句攔裏串。親哥哥口中得出疏言,有那一句話,舌尖上挑着,去喉嚨裏嚥。

### 風流體

怕到那春來時節氣暄,若到那夏時節薰風遍。最怕的秋暮天,那臘月裏霏雪片。

### 忽都白

我住的俺往日的莊田,舊日宅院。折倒的我也那的片瓦根椽,無一個大針也那麻線。甚的是細米白麪,厚絹薄綿。渾□上便是我的家緣,看着那一爻世的顏面。兄弟捱怕到冷時節,有什麼替換下舊襖子與我一領兒穿也麼穿。不是我怨怨哀哀,哭哭啼啼,兩淚連連。不了心頭願,稱不了平生願。

### 倘古歹

往常我漫幀紗廚繡幃裏眠,到如今枕着一塊半頭磚。土坑上鋪着些破皮片,好悽惶也麼天,也麼天。下缺離亭宴煞一首。

### 〔南呂〕一枝花

雍熙題爲間阻。

風吹散楚雲岫,水溾斷藍橋路。死分開鶯燕友,生拆散鳳鸞雛。想起當初,指望常完聚,誰承望好姻緣遭間阻。月初圓忽被雲遮,花正發頻遭驟雨。

## 小梁州

他爲我畫閣内慵拈鍼繡,我爲他緑窗前懶看詩書。近新來不由的心憂慮,這幾日琴閑雁足,歌歇驪珠,身心恍惚,鬼病揶揄。倚雕欄晝夜尋思,望斜陽對景嗟吁。看不上小池中一來一往交頸鴛鴦,疎簾外一遞一聲啼紅杜宇,畫簷間一上一下鬥巧蜘蛛。景物太毒,蜘蛛絲忽被風吹去,錦鴛鴦不完聚。杜宇聲聲唤,不如感嘆嗟吁。

## 尾

幾時得柔條兒再接上連理枝樹,暖水重溫比目魚。一椿椿一件件都是動人情處。紗窗外夜雨,枕邊厢淚珠,好交我一點芳心做不的主。

## 〔黄鍾〕醉花陰
### 慶壽
虞味蔗作

一點長庚現天表,騰瑞靄連宵徹曉。五雲聚,碧天高,海外青鸞,王母離蓬島。來塵世,慶生朝,端的有世外諸□會俊髦。

## 喜遷鶯

衆神仙早到玳筵上獻蟠桃,簫韶一派仙樂。我則見舞女歌童音韻縹,慶的是長生不老。見了這綸巾羽扇。更和那草履麻縧。

## 出隊子

但開懷歡樂,有靈芝幷瑞草。花容般美麗百千嬌,柳樣似輕盈嫩緑條,奏一曲新詞按六幺。

### 刮地風

壽酒注金壺頻傾倒,這的是美醞葡萄。正芳辰紅紫争相笑,歲月相饒。閬苑逍遥,望西池迥似天高。見東華幾番卦詔,玉體獐錦背猿紅頂仙鶴,王子晉好吹簫,謝康樂掌着仙樂。喜群仙個個皆年少。見鸞輿下九霄。

### 四門子

正氤氲寶鼎香霧裊,寫新詩慶壽考。面色如童眉帶□毫,養黃芽一粒丹服却。福禄崇,風景饒,壽同他天地共老。

### 古水仙子

見見見漢鍾離□壽高,看看看跨白驢龍鍾張果老。來來來藍采和精神。喜喜喜呂純陽歡笑。有有有徐神翁素布袍,他他他曹國舅高擎着籬筅。獻獻獻韓湘子牡丹顔色嬌,呀呀呀鐵拐李手執着靈丹藥。賀賀賀一個個醉醄醄。

### 尾聲

南極星宿增光耀,注芳名蓬萊三島,壽祝南山一樣高。

### 〔正宫〕端正好

帝城雄皇都壯,千雉帝城雄,萬載皇都壯,大明門拱紫極朝陽,列承天龍舞在銀橋上,五鳳樓黄金榜。

### 滚繡球

九重深堯舜階,三殿迥湯禹堂。下丹陛百官仙仗,擁華蓋端簪中央。看文武樓左右齊,聽鐘鼓聲龍虎響。殿東西文華武英相,入大内紫金泥光閃宫牆。勝蓬萊寶珠明□花千樹,似海藏香氣氤氲椒滿房,今日陶唐。

### 滚繡球

掌黃閣絲與綸，柄司禮貂與璫。本糾彈六科廊敞，嚴太廟社稷蒸嘗。聞光禄九鼎馨，過御馬千乘養。擺監局衙門勾當，數甲乙丙丁庫天府埋藏。後玄武半拖□□，萬歲山每見鸞翔，真個是周室明堂。

### 倘秀才

碧巍巍翔鳳樓日暖朱梁，深沉沉清畫閣臺繡彤牆，我則見玉砌垂紅過輦香。草齊烟雨濕，花密晝思長，祇聽得撒珍珠御溝的水響。

### 倘秀才

誰似那虬松枝宮勝長楊，誰似那廣寒殿高山在明光，更則見玉蝀金鰲跨海梁。船搖金翡翠，波漾錦鴛鴦，端的是蓬壺的堪賞。

### 脫布衫

東長安文宦朝房，翰林院詹事春坊。東西堤玉河清淺，文德坊青龍之上。

### 脫布衫

西長安武將朝房，行人司面對宮牆。露垂楊半爲海子，武功坊白雲之上。

### 四煞

左輔弼吏戶禮兵工，列宿光紅臚寺太醫上，十王府啓朱門敞。烏蠻驛待來王輦，臨設欽天星斗芒。內玉牒宗人掌，臺基廠百工造作，上林苑萬草芬芳。

## 三煞

右□衝猛五府將,帥銜通政司太常,上衛錦衣爪牙的□將。法司烏府兼刑署,棘寺詳評招稿長。七十衙如蜂攘,擡頭看貫城街上,更有個彌教牌坊。

## 二煞

仰圜丘南郊春祀天,駕鹵部黃屋往,籍田犁犢耕嘉壤。靈臺隱隱誰攀望,星斗斑斑夜吐光。玉燭調天象,開棘院賓興豪傑,收麟鳳錦繡文章。

## 一煞

京兆府成賢街正南,教國子儲卿相,詩書禮樂多謙讓。三千隊習貔貅將,十二營分大教場。雷炮將軍嚮,護皇陵煖融融紫氣,疊西山翠冉冉松香。

## 普天樂

趁□場三廟上,看朔望人來往。走寶馬鞭繫絲絲,輾香車輪飛兩兩。金珠不盡龍宮廣,赤白青黃鋪賣張。貨如山楚賈吳商,人似蟻嬌娥粉郎。看紅塵滾滾,花柳行行。

## 普天樂

看梨花寶貝藏,奏樂部朝廷上。擺家家金屋門窗,一個個西施模樣。纏頭百尺燕鶯賞,顫鬓千花蜂蝶攘。蘇小小雲捲羅裳,劉盼盼月明象床。笑秦樓楚館,愛粉貳脂香。

## 尾

華夷一統乾坤廣,紫微垣不動中央。把彩筆文墨人,寫歌謠家國王。願吾王萬壽，保社稷無疆。

## 〔雙調〕新水令
### 春景
#### 洗塵作

　　太平時節樂雍熙，正花朝艷陽天氣。梨花白拂拂，楊柳翠依依，堪賞堪題。青梅小，信難寄。

### 駐馬聽

　　桃李成蹊，芳草王孫正路迷。吳山明媚，東君似列錦屏幃。賣花聲叫畫橋西，緣窗閑靜鶯聲脆。節序催，禁烟飛，雨及時霽。

### 沉醉東風

　　登臨處青山綠水，興來時白酒黃雞。閑時節策杖游，悶時節鼾鼾睡。醒來時滿目芳菲，如此韶華能有幾，買花錢一春莫惜。

### 水仙子

　　芳原綠野恣行時，一路香塵襯馬蹄。攜朋挈侶拚沉醉，況良辰不負己，掃松的兒女悲啼。莫辭酒盞十分勸，只恐風花一片飛，暫時相賞莫相違。

### 錦上花

　　來往肩輿，香生衣袂，畫舫蘭橈，金翠妝飾。短帽輕衫，和風麗日，美貌佳人，偏稱羅綺。山橫爽氣清，喬木聳□翠，鬥草尋芳，幕天席地。燕懶鶯慵，綠慘紅稀，春色飄零，飛花泛水。

## 離亭宴歇拍煞

嘆光陰有意隨春去,怕春歸無計留春住,強登山步履。蝶蝶翅惱殘英,燕泥巢舊壘,杜宇啼紅淚。見桑蔴日漸稠,喜槐陰遮衡宸,回首見紅輪又西。引山泉煮新茶,遍藩籬收紫笋,釣鮮魚堪作鱠。虛名人所求,利祿成何濟,見花影窗前又移。把遊遍錦鄉中,倩丹青寫入畫圖裏。

## 〔雙調〕新水令
### 賞燈
正德乙亥正月洗塵作

萬家歡樂賀昇平,喜新年上元節令。笙歌聲細細,明月□容容。鼇山上點起花燈,君王樂與民共。

## 駐馬聽

燈火熒熒,不若似漢武當朝獻巨鱗。金吾不禁,往來車馬到天明。佳人仕女盡娉婷,騷人才子多題詠。却正是不夜城,乾坤世界如仙境。

## 沉醉東風

絳綃樓端坐着萬乘,左右廊排列着公卿。喜孜孜飲數杯,鬧攘攘傳宣令。道元宵勝似蓬瀛,人在瑤臺月下行,普天下流風并。

## 雁兒落

社火每忙將寶劍迎,又有那伏虎降龍聖。也有那二仙傳道客,便有那一起長蛇陣。

## 得勝令

呵更有那北望去燒屯,王母下瑤京。八仙齊慶壽,東方泛海濱,鬼怪猙獰。鮑老兒將嬰孩送,扮一個神靈,鎖的是龜山水母精。

### 川撥棹

花燈兒細堪評,你看那鴛鴦燈雙交頸,孔雀屏風,鸂鶒芙蓉,雁字濱鴻。大鵬燈飛空展翅,更那鳥中尊貴鳳凰燈。

### 七弟兄

見了象燈馬燈駱駝燈繡球燈,瀼瀼獅子弄虎兒燈猛似出山林,牛兒燈怎生耕田用。

### 梅花酒

走獸每有異名,怕雨雨風風,喜良夜沉沉,聽更鼓鼕鼕。今宵不去眠,花燈兒幾番新,謝當今。聖主恩,父老每忻忻。見五穀豐登,八方又寧寧,黎庶每忻忻。

### 收江南

呀,你看那珠圍翠繞,月明中玉人歌舞樂聲清。滿朝臣宴畢,醉醺醺邊庭上罷征,年年此日願天晴。

### 〔南呂〕一枝花

雍熙題爲文士待時。

詩書常講習,禮樂從先進。齊家先治國,修己以安仁。在正其身孝悌仁之本,德不孤必有鄰。分長幼有序尊卑,自天子達於庶人。

### 梁州序

一片心爲家爲國,兩隻手握霧拏雲,自天子皆不可□先進。我這胸次豪豪,文質彬彬。先王之道壓聖才,文以會友,友以輔仁。言思忠,事思敬,疑思問。出則弟,謹而信。事父母,服勞被苦辛,事君能致其身。雍熙所載與此異。

## 尾

蛟龍豈共魚蝦混,鸞鳳難同燕雀群。有一日皇天用我之時分,聽春雷隱隱起波濤,萬里青霄去路兒穩。

## 〔南呂〕一枝花

山林中山雀飛,山頂上□猿啼,山坡前狐兔走,山川内虎狼跑。山路迢遥,山影現山神廟,看青堪畫描。撲簌簌飛去了山雉山雞,忒翎翎驚起些山禽山鳥。

## 梁州

山野内人家静悄,山店中山客蕭蕭。深山中來往人行少,見了些山豬山犬山鼠山貓。山獐山鹿山雞山鳥,山疊山前杳杳高。行了些轉山坡山澗蹊蹺,藏著山樹□。則見綠陰陰山棘山松山柏,紅馥馥滿林山杏山桃。響鈴鈴山竹蕭蕭,山頭鹿角,山前山後尋山道。這山好那山好,都不知綠水青山兩伴高,水遠山遥。

## 尾

山岡山嘴山禽鬧,山色山峰堪畫描。山市山城咱心好,尋山林古道。蓋山庵住着,看了那綠水青山快活到老。

## 罵玉郎

仙家道可道,可道非常道。山澗下蓋一座草團標,一任龍争虎鬥干戈鬧。作伴的是白面猿,硃頂鶴相隨著。

## 感皇恩

呀一任丫髻環縧,草履蔴袍。摘藤花攀竹筍,採茶芽閑□即爐中煉丹,悶來時閑訪漁樵。咱兩個共知交,飲香醪,直吃得醺醺,沉醉樂淘淘。

## 採茶歌

繫一條呂公縧,掛一個許由瓢,不換他烏靴象簡紫羅袍。白髮催人容易老,貴人頭上不相饒。馴馬安車嬪子有五花官誥,他那裏顯榮華誇富貴逞英豪。

## 感皇恩

呀、荊釵布襖,情願草履麻縧。我則道睚了今日,過了後餉盼明朝。

## 採茶歌

訪漁樵飲濁醪,不如山間林下醉陶陶。百味珍羞雖是好,不如粗衣淡飯且逍遙。

## 〔南呂〕罵玉郎
### 詠妓

風塵自有風塵態,怎的插荊釵,穿布襖,本是那楊花滾滾隨風擺。空房中鎖定猿,竹筒裏養蛇,本性兒依然在。呀、喜的是錢鈔盈懷,酒肉盈腮。你便有五言詩且休題,七步才權休罪,八詠賦且休來。怕一不道一怕時愛,我休我久後和諧。眼落處尋些不是,背地裏覓些非責,人面前便花白。天呀,你便有擅天才,透風乖,興□滴溜溜撲推下楚陽臺。繡房中推思鄧通錢,破窰中換做呂蒙宅。

## 尾

他愛我休得推喬摘,他嫌我休教強來挨,轉過來別颩了個富員外。待罵呵丹朱之用不才,待說呵管仲之器小哉。休休,普天下但學得王魁,每喝一聲采。

## 小令

### 水仙子

子牙守定釣魚臺,買臣當初曾賣柴。偷瓜的到做了韓元帥,呂蒙正鐘後齋。不得時權且胡捱,桃花三月放,菊花九月開,那一般不等待時來。

### 水仙子

一朝別酒送行舟,滿捧香羅和淚酬。肌膚消減纖腰瘦,爲人情心上憂。保平安早到皇州,將好事長思念,得返時一筆勾,早回來再整鸞儔。

### 水仙子

江村漁火對愁眠,月落烏啼霜滿天。姑蘇城外寒山寺,送鐘聲到客船。月和人在海角天邊,月有團圓夜,人無再少年,幾時節得人月俱圓。

### 水仙子

花愁酒病幾時休,酒病花愁人問羞。因花爲酒忔消瘦,俊麗兒即便醜。色荒迷酒懶扶頭,酒病從教病,花愁一任愁,酒和花害殺也風流。

### 水仙子

紫金爐內篆烟微,白玉堂前日影遲。碧紗窗外鶯聲細,困騰騰初睡起。倚欄干點檢芳菲,海棠落胭脂淚,綠楊顰翡翠眉,愁殺春歸。

### 水仙子

夕陽西下水東流,一事無成兩鬢秋。傷心人比黃花瘦,怯重陽九月九。強登臨情思悠悠,望故國三千里,倚西風十二樓,沒來由惹起閑愁。

### 朝天子　壽

此卮,莫推,酒令兒新條例。天之美祿喚做福水,四海皆兄弟。酒解愁腸,人和百事,不飲呵圖甚的。這酒兒好吃,眼前可知,滿飲過千千歲。

### 朝天子　壽

恁知,此席,爲貴誕生辰日。王母仙桃親獻與伊,特賜丹砂粒。南極龜鶴,雙雙隊隊,祝遐齡來宴會。金童玉女捧壽杯,滿飲過千千歲。

### 出隊子

有一個唐朝的李白,翰林院誰似他。采石江邊受□楂,沉醉江心摸月華。酒送了人心猿和意馬。

### 出隊子

有一個良言中不納,寵嬌妃惹起他罵。宮中齊唱後庭花,陳後主因他遭了殺伐。色送了人心猿和意馬。

### 出隊子

有一個石崇那廝膽大,敵國富誰似他。晉朝天子怒交加,簇擁着武士金瓜卸下馬。財送了人心猿和意馬。

### 出隊子

有一個英雄楚霸王,到咸陽才是家。平分天下,又爭知趕到烏江自刎殺。氣送了人心猿和意馬。

## 出隊子

想人似燈,燈明燈滅,燈明時花正結。風吹燈影吐紅舌,則恐怕半夜殘燈天曉月。燈有一日油盡心灰有甚說。

## 出隊子

想人似雲,雲來雲去,雲來時必降雨。遮星蔽日,滿天圍□,恐一陣狂風吹散伊。雲有時間依舊青天紅日出。

## 出隊子

想人生似風,風狂風細,風狂時威勢起。撼山拔木遍東西,播土揚塵能有幾。風有一日無影無形還自息。

## 出隊子

想人似花,花開花落,花開時人看好。千紅萬紫逞妖嬈,則恐怕驟雨狂風容易老。花有一日粉碎烟憔零落了。

## 出隊子

想人似雪,雪飄雪墜,雪飄時到處飛。灞陵橋上怎騎驢,馬阻藍關行不得。雪有一日春到陽回不見迹。

## 出隊子

想人似月,月圓月缺,月圓時光皎潔。佳人賞翫正歡悅,待得圓時雲又遮。月過了十五六團圓還又缺。

## 折桂令　丁丑仲冬壽楊儀部六十
### 洗塵作

眉山學士重來,朝野都誇第一高才。五福俱全,首稱順壽,位列三台。祝南山數如松柏,捧金樽玉貌金釵。喜氣凝腮。賀□閫堦,見東溟幾變桑田,壽注定紫府蓬萊。

### 折桂令　嘆世

問從前誰是英雄,一個農夫,一個漁翁。晦跡南洋,棲身東海,一舉成功。八卦圖名稱卧龍,六韜書功在飛熊。伯業成功,遺恨無窮,蜀道寒雲,渭水秋風。

### 水仙子　慶壽

壽香一炷降天仙,壽酒三杯賀慶筵。壽龜背上靈芝現,壽仙鶴舞翅翩。壽南山松柏齊年,壽王母蟠桃會,粉玉皇聖帝仙,壽彭祖八百餘年。

### 水仙子

壽星高掛在堂前,壽燭高燒照滿筵。壽香燒炷透爐烟,壽雲朵朵鮮。壽盤中壽果團圓,壽星酒慇勤勸。壽曲唱幾篇,壽彭祖八百餘年。

### 沽美酒

紅馥馥臉襯霞,齊臻臻鬢堆鴉。他只見可意麗兒膩粉搽,他生得□没包彈俊雅。帶一枝老梅花,通三教言語談話。□一片和氣歡洽,一見了教人牽掛,端的是風流希□。我呵戲□對答笑耍,有丹青難描難畫。

### 沽美酒

寶釵橫金鳳凰,湘帬繫鴛鴦。我這裏斜插犀梳雲鬢光,□見帶一枝海棠。高挑作玉螳螂,歌彈舞齊聲嘹喨。盡開懷沉醉何妨,數十年妖嬈生相。真一温柔模樣。我呵對着畫堂綠窗,近着繡房,堪寫在丹青圖上。

## 對玉環帶清江引　南峰遣懷

　　酒館吟樓，一生不解愁。閬苑瀛洲，一身先判休。談笑取封侯，時來還自有。采石磯邊，謫仙誰與疇。赤壁山前，子瞻堪共游。（清江引）黃金任多咱不求，散誕常如舊。青山破不縫，甘落他人後，風波競途無妙手。

　　服藥求仙，幾人能百年。斗酒開筵，幾人能百篇。世事苦縈纏，有懷當自遣。人笑詞章，怎生值個錢。我看金珠，怎生值個錢。（清江引）兩家勿論誰是賢，且把香醪勸。醉裏萬事宜，平等無恩怨，鷥簫臥聽山月轉。

　　苦讀詩書，科場不用多。苦掙功名，史篇無處着。後擁與前呵，到頭成甚果。任你才高，誰開丞相閣。任你談雄，誰營安樂窩。（清江引）烏兔兩輪同織梭，百歲霎時過。不飲待如何，枉自將春蹉，桃花笑人空數朵。

　　愛酒劉伶，自來常不醒。慕色張生，自來人所輕。若比利和名，較量無二等。世有三閭，牙籌終日營。世有孤眠，危途不住行。（清江引）酒能喪身色污名，名利多陷穽。四般一不除，仙籍何由證，大家厮瞞同自省。

## 牡丹春　嘆世

　　花開也是春，花謝也是春，花開花謝幾番春。花開花謝何年盡，都是為著春，吹老了少年人。

　　三月裏又來花又開，清明寒食次挨排。孝男孝女在墳前拜，想將來英雄都盡在土中埋。

　　今日也是春，明日也是秋，春來秋去幾時休。青山綠水還依舊，光陰似水流，不覺的白了少年頭。

　　日頭出在東，月墜西，日月可以緊相隨。想起來爭什麼名和利，我笑你好癡，快活一日得便宜。

## 阿姑令

　　阿姑令從頭兒唱起，唱的是古人的名諱。張子房休官棄職，陶淵明早歸去來兮。

　　石竹花兒正開，有情人捎的書來。金鎞兒把書來拆開，撲簌簌掉下兩行淚來。

　　青紗裙兒破□，有情人今朝去也。好的歹的都休説，山野裏也有那相逢的時節。

　　青紗裙兒一遭，小叔叔兒耍了大嫂。休教你哥哥知道，你哥哥知道有些兒煩惱。

## 雁兒落　帶過　得勝令

　　酒拖着膽氣生，色迷得魂飄蕩。財使得人情性疏，氣惱得人殘生喪。　即見酒色上喪家邦，財氣上誤了賢良。石崇因財死，李沙陀好酒亡。好色的明皇，破國楊妃喪。氣倒在烏江，可惜了英雄的楚霸王。

　　莫不是怯東風滿院宇，莫不是貪宿在鴛鴦被。莫不是蹩鞦韆小院中，莫不是針指忙難拋離。　莫不是羅襪窄步行遲，莫不是娘瞧破緊收拾。莫不是姨娘每閑遊戲，莫不是靠妝臺鋪翠眉。好着我猜疑，盼不見文君至。望得我呆癡，誤了我鶯鶯燕燕期。

　　想人生一貌才，長願得爹娘在。休忘了三年乳哺恩，休忘了十個月懷擔帶。　孝順時福禄自然來，孝順時腰插着虎頭牌。孝順時駟馬高車載，孝順時三簷傘□排。生得美人才，休忘了娘恩愛。馬兒上台孩，你想身從何處來。

　　重重疊疊寫小詞，真真謹謹書情字。悲悲切切寫鸞箋，粗粗細細言心事。　想着風風韻韻美嬌姿，教我厭厭悶悶苦相思。冷冷清清人獨自，孤孤另另憔悴死。尋思，寄了多多少少閑傳示。嗟咨，怎能够歡歡喜喜完就時。

　　有錢的畫堂中春自生，無錢的錦帳內長孤另。有錢的時同連理枝，無錢的擊破菱花鏡。　有錢的舞燕共啼鶯，無錢的鳳鸞各飛騰。有錢的雲雨陽臺夢，無錢的藍橋下波浪聲。有錢的便有恩情，行坐裏相隨定。無錢的趕出門庭，只落得長吁三四聲。

## 秋江送客

春來到，景物鮮，馬繫在垂楊下綠影邊。桃似火，柳如烟，見一對鴛鴦在沙暖處眠。仙童舞遍，王孫笑喧，來日秋千。人醉杏花天，四季風流不如禁烟，學杜甫賞遊玩。

清閑道無事仙，講得黃庭道德篇。三杯酒殊宜戀，醉了呵松陰樹下自在眠。仙鶴舞遍，山童笑喧，世事永無牽，麻袍與簪冠。強如恁秉着笏躬着身宰相每賢，□少不得比芒山下亂塚眠。

## 沽美酒

劉伶何日醒，李太白醉醺醺，更有貪杯呂洞賓。他三個是故人，酒□有緣有分。君子醉言而有信，小人醉便待要胡行。子醉差遲了父命，兵醉違別了軍令。想這酒歹性，惱人病根，待不吃人人生圖甚。說杭州爲第一，好買賣錢糧食，子弟家風真個美。看了門面鋪席，官巷口有珠翠。看了這西湖裏景致，畫船兒來往相隨。南高峰北高峰相對，燒香處鏊鏊鼓擂。還有那舞的彈的唱的，不枉了人生一世。

## 皂旗兒

坑暖窗明草舍低，誰及，周公枕上夢初回。呀、直睡到上三竿紅日。
坑暖窗明草舍高，團標，周公枕上夢堅勞。呀、直睡到五更初雞叫。
人到中年萬事休，何求，看看白髮漸蒙頭。呀、風流處且風流。
人到中年萬事休，心憂，等閑白了少年頭。呀、思量起越添愁。
白酒新篘雞正肥，筵席，請着朋友舊相識。呀、直吃得劉伶沉醉。
春日遲遲燕子飛，希奇，來來往往鬥啣泥。呀、直是壘新巢活計。
夏景荷花水面開，奇哉，小船兒撐出柳陰來。呀、不見採蓮人安在。
秋景黃花滿目開，標哉，維時觀賞笑盈顋。呀、緬想種菊人安在。
冬景梅花雪裏開，清哉，騎驢直到李陵台。呀、我問□□人安在。

# 楊升庵夫婦散曲

## 《楊升庵夫婦散曲》弁言

　　《升庵夫婦散曲》何以編，因夫婦雖各有散曲之專集，而篇章多彼此複見，孰倡孰隨，混淆莫辨，分行兩集，不如總訂一編之情聯意合也。升庵集爲《陶情樂府》四卷，詞數如目次所載。夫人集爲《楊升庵夫人詞曲》五卷，有套數八，重頭百三十四，小令廿六。就中套數三，重頭八十二，小令十五，複見于《陶情樂府》，而另有套數二，重頭十七，小令三，根據選本，則亦屬升庵。所餘者不過套數三，重頭三十五，小令八而已。即此所餘，仍未必皆屬夫人，因無佐證，亦不能武斷其確非耳。蓋夫人詞曲五卷，支離雜亂，必出明季坊賈之手。撫拾夫人之作，不過什一，充以升庵諸篇，而假借夫人之名，以見新異，便于誘致時人耳。其第一卷所以題《徐文長重訂楊升庵夫人詞曲》者，蓋僅作者假借，猶恐不足動人，乃並編者亦出附會，以益張目也。至于《陶情樂府》四卷，雖不必即升庵手編，但章次較整，又有簡氏張氏二序，或即序中所稱之楊拙莊、余澹齋輩所爲，其非坊賈妄編，則可斷言。雖如"積雨釀輕寒"諸作，確係出于夫人者亦復竄列，而類此者並不多，無妨大體也。故樂府四卷，面目足存，詞曲五卷，編次可廢。茲所合訂，即于《樂府》四卷一仍舊貫，無所增減，而于《夫人詞曲》五卷中，汰其已見于《樂府》者，且按套數、重頭、小令三體，合并餘作爲三卷，簡其稱曰《楊夫人曲》，以副其實。旁搜選本中註明升庵，而復出《樂府》四卷、《夫人曲》三卷之外者，別爲《陶情樂府拾遺》一卷。綜茲八卷，詞無複篇，章無佚調，既嚴體別，復附校文，《楊氏夫婦散曲》，于是釐然粲然矣。原編有混重頭入套數，有混小令入重頭者，茲爲釐定。又《陶情》卷四原列《滿庭芳》詩餘一首，末又有唐山范甫贈升庵一套之附載，均覺未安，茲特刪去。《陶情樂府》以明嘉靖原刊本爲主，校文内稱一本者，皆指清宣統嶧陽精舍翻刻本也。

　　王世貞《曲藻》謂升庵有《陶情樂府》及《續陶情樂府》，而未明卷數。所謂續集，是否又盡在四卷之外，則不可知。王驥德校註《西廂記》，引升庵《黃鶯兒》詠鶯鶯一首，在此本卷二《調笑白話》中。記後列所引諸書之目，則有《博南新聲》一種，升庵號博南山人，《博南新聲》乃升庵散曲之別一集也。又《脈望館書目》詞曲類中，列升庵之《樂府餘音》一種，亦爲曲而非詞。是升庵散曲之集，在當時固名目甚多，惜今日所傳，祇有《陶情》四卷耳。《明史・藝文志》有《楊夫人詞曲》，《澹生堂書目》有《楊夫人樂府》，二名雖不盡符，應皆指《楊升庵夫人詞曲》五卷而言，未必另有二書。惟《徐文長重訂楊升庵夫人詞曲》五卷，自第二卷以下，皆題作"楊升庵先生夫人詞曲"，或曰，此原謂先生之曲及夫人之曲也，先生夫人兩人，並非一人，故五卷以內，夫婦之作雜揉並見，名實正復相符。若《明史》與《澹生堂目》之所簡稱，則成夫人一人之專集，于原書名目不免誤會矣。使此說果確者，所謂《夫人詞曲》五卷，已是揚氏夫婦之合集。前人早經如此編纂，不自我始，茲所寫訂，不過因襲其意，而更廣其篇幅耳。惟茲編後三卷中，仍不免升庵之作，而沿《明史》與《澹生目意》簡稱《楊夫人曲》或有不可，俟別獲他證以後，再爲改訂。

  《曲藻》謂升庵多剽元人樂府，如"嫩寒生花底風"、"風兒疏剌剌"諸闋，一字不改，掩爲己有，蓋楊多鈔錄祕本，不知久已流傳人間矣云云，所舉兩闋，不在此八卷之內。王氏所據爲《博南新聲》抑《樂府餘音》，抑更有他本，都不可知，所謂剽竊元作，或亦出坊賈射利之妄爲，以升庵著作之富，一二小曲何足多。鈔錄祕本之說，想當然歟，抑果有據歟，惟茲所輯錄之拾遺一卷。其中容不免有僞作，其出《青樓韻語廣集》之套與令，均鑿鑿可信，若出《詞林逸響》者，則字句氣韻，俱不能令人無疑，因鮮反證，姑妄錄之，以俟續考。

  自來論升庵曲者，毀譽不一。王世貞《曲藻》中謂《陶情樂府》流膾人口，頗不爲當家所許，以升庵本蜀人，多川調，不甚諧南北本腔。以後諸家曲評中，遂多沿王氏此說。至清李調元《雨村曲話》獨非之，謂蜀何嘗有川調之名，九宮譜、中原韻、舉世所通行，無吳人許用，而蜀人不許之理，以爲強分町畦，乃文人相輕之習云。蓋李亦蜀人，故特爲剖辨如此，實則升庵之作，韻律確乎難言，而才情果然富有。王驥德謂其所作俊而葩，集中合處，誠有是也。且明代散曲，崑腔前後，截然兩派，音譜雖崑腔以後者純雅，而文字則崑腔以前者生動。升庵諸作，猶前繼康王，未嘗後啓梁沈。是在讀者略加玩味，即能得之。《詞林逸響》所載諸篇，所以可疑者，正爲其已墮崑腔以後之惡趣，烏見其出升庵歟。至於夫人之作，亦多新穎俊發，不止向所傳誦之"積雨釀輕寒"一闋而已，且意境解放，突破藩籬，不爲數千年禮教所囿，開吾國女子文學以前未有之局，雖藝未足抗易安、淑真之精純，而情已大申自來女子之閟塞，曲之體使然哉！論吾國女子文學史者，不可忽之，且所傳之作有五卷之多，無論其詞之真偽純駁不一，要之，當時坊賈敢於搜集淫詞小曲，托名於名婦人物，張皇都市，其時社會風氣，較之前世，必已有若何轉變，斯又觀風論俗者可以注意者也。別有瑣意，詳《曲諧》卷中，茲不複列。

十七年春日，二北書於悠然小築。

## 《陶情樂府》序

　　升庵太史公謫戍博南，蒲驃荒裔，時天下知與不知者皆危之。嗣其策筇竹，度筈橋，橫衝岨瘴，甘嘗蒟醬。而遊精黑水之源，騁目崑崙之麓，齊跡夷險，一視龍蠖，殆駕素虯乘翠雲而相伴，一本作相羊曷嘗摧心抑節，纖翳悲苦。及捃祕蒐奇，申眉高論之餘，乃揚情綺語，命韻一本作命均追悰，製元人樂府數十齣，皆自叶鵾簧，偏諧鳳律，俾狂山狠谷，樂土平邦一本作平邑，乾海黃塵，青樓繡閣，歌之者崇逸思，聞之者排窮愁。楊柳大堤之曲，出江潭屈子之口，芙蓉曲渚之篇，爲遼東亭伯之辭。遵聲究志，聿當鏡仰，豈謂托染欲塵，以折慢幢，而頹風忠盡，實效裨澂。且太史紅顏而出，華顛未歸，幾三十稔，得古今奇謫，然氣益平宕，言益蘊藻，一本作溫藻海鱗風翼，順適萬里，曾裵裹局脊，復作羈逐狀耶？是可知其人矣。君子毋曰此風流緒藝，易視之也。臨川拙莊、楊子澹齋余子請刻之，謾書以傳好事。

　　嘉靖三十年春，新喻西郢簡紹芳書。

## 《陶情樂府》序

　　博南山人集所倚聲爲樂府,傳詠滿滇雲,而人莫知其興攸寄也。予嘗贈之詩云:"事到東都須節義,地當西晉且風流",故知山人者莫如予矣。昔人云:"吃井水處皆唱柳詞",觸情匪陶也。昔人云:"東坡詞爲曲詩,稼軒詞爲曲論。"若博南之詞,本山川,詠風物,托閨房,喻巖廓,謂之曲史可也。昔人云:"以世眼觀,無真不俗",推此意也,雖與《九歌》並傳可也。張愈光。

# 陶情樂府卷一　套數

明新都楊慎升庵撰　江都任訥中敏校訂

## 〔仙呂〕點絳唇
**夫人詞題作送滇南作**

萬里雲南，九層天棧千盤險。一髮中原，回望青霄遠。

〔混江龍〕自離了蓬萊閬苑，曉風殘月掛秋帆。江蘺漠漠，水荇田田。落日山川虎兕號，長風洲渚蛟龍戰。鴻雁池頭，鯉魚山下，鸂鶒堰底，鸚鵡洲邊。揚舲常恨水雲遲，授衣又早寒暄變。恰似萍流蓬轉，幾曾匏繫藤牽。

〔油葫蘆〕白雪江陵古渡邊，解征帆，上征鞍。楚塞霜寒楓葉丹，沅澧波香蘭芷鮮，武陵春老桃花怨。千里望雲心，九疊悲秋辯。又不是南征馬援，壺頭山愁望飛鳶。

〔天下樂〕瘦馬凌兢蝶夢殘，霧僽風僝怎消遣。斷角殘鐘，幾度孤城晚。回首送衡陽去雁，忍淚聽瀘溪斷猿，亂雲堆何處是西川。"凌兢"原作"凌競"，從夫人詞。

〔那吒令〕怕見他盤江河毒瘴愁烟，關索嶺冰梯雪巘，香爐峰獠寨苗川。千尋井下坡難，萬丈梯登山倦，硬黃泥污盡舊青衫。

〔鵲踏枝〕一封書意懸懸，萬里路恨綿綿。誰信道東下昆池，又勝如西出陽關。但得他平安兩字，休問他何日歸年。夫人詞次句脫"路"字。

〔寄生草〕空彈劍，頻倚闌。比潮陽山水多鄉縣，比江州月夜無弦管，比夜郎春夏饒風霰。今日個聞雞曉度碧雞關，怎記得鳴鑾晚直金鑾殿。一本"頻倚闌"作"頻問天"，"潮陽"作"朝陽"。

〔么〕難縮壺中地，休尋屏上船。五華臺望望愁心遠，雙洱河渺渺波濤限，七星關疊疊雲嵐嵌。琵琶亭下淚偏多，鷓鴣嶺畔腸先斷。

〔金盞兒〕風兒酸，雨兒寒，雨霽風清擡望眼。見西樓明月幾回圓，辭家衣線綻，去國履痕穿。只道是愁來傾竹葉，不信說米盡折花鈿。夫人詞脫次句，末句"折"作"拆"，一本"幾回"作"幾迴"。

〔賺尾〕且聽滄浪吟，休誦卜居篇。愛碧山石磴紅泉，策杖行歌興渺然。醒來時對陶令無弦，醉來時學蘇晉逃禪，不似他憔悴騷人澤畔。任蒼狗白衣屢變，笑蛙聲紫色爭妍。浮名與我無縈絆，再休尋無事散神仙。夫人詞"紫色"作"紫氣"。

## 〔南呂〕一枝花
### 上元

天官賜福辰，月姊邀歡地。碧天開罨畫，明月浸玻瓈，景物希奇。一處處堪遊戲，一樁樁俱整齊。東皇富貴纔開，南部烟花競集。夫人詞"競集"作"競起"。

〔梁州〕花神降看花市，酒星垂賣酒旗。燈王也遊賞到然燈隊，裁冰翦雪，暗玉明璣，駕鷟翔鳳，舞象蟠獅。把遊廣寒做五明扇面，奪崑崙裝七寶屏圍。祠太乙八洞仙故事，送金蓮三學士詩題，更有那猜啞謎六祖禪機。只見他並肩攜手，似月宮中仙子相隨。銀花陣，火樹堆，萬戶千門不閉，行樂泥光輝。夫人詞"禪機"作"神機"。

〔尾聲〕新裝褰幪全身見，誤馬隨車一笑回，聽笙歌綺羅叢裏。六分春一分早休，五更轉三更盡矣，勸東君休空過了煖金杯。一本"全身"作"金身"。

## 〔仙呂〕八聲甘州
### 詠月

席上有歌此詞者，中有病句遂爲改訂。

冰輪懸鏡，看漸離滄海，飛上瑤京。金波不定，徧大地霜凝冰淨。千江有水千江映，萬里無雲萬里明。是誰將瓊樓玉宇修成。

〔么〕奈高處不勝清冷，想素娥應悔，誤餌長生。青天碧海，夜夜怎禁孤另。仙家難免別離苦，靈藥難醫寂寞情。有誰將蟾宮閨怨，傳下青冥。

〔賺〕圓缺陰晴，總是人間天上情。偏厮稱，清樽翠斝，歌窈窕，舞輕盈。吹簫弄玉翩翩下,解珮飛瓊裊裊迎。娉婷,從頭細數風流處,百般堪聽。一本"風流處"作"風流慶"。

〔解三酲〕愛春月朦朧花影,有千金一刻難并。柳梢才上天街靜,又早人約黃昏。照樓臺歌管聲偏細,映院落秋千夜轉深。穿芳徑,真個是惱人春色,好夢難成。

〔油胡蘆〕愛夏月雲頭金餅,對蓮池紅妝臨鏡。夜遊銀燭何須秉,暗牆頭自照流螢。

〔解三酲〕愛秋月四時偏勝,到中秋分外精瑩。清輝香霧佳人興,蛩才鬧,鵲又驚。銀盤彩漾蓮花白,金粟香浮桂子清。寒光映,真個是玲瓏七寶,表裏通明。

〔油胡蘆〕愛冬月梅梢清耿,與馮夷六花爭勝。玉圓瓊屑交相映,喚詩人蓬萊夢醒。

〔解三酲〕秦樓月與簫聲並冷,緱山月共笙韻雙清。西江月酹曹瞞恨,牛渚月泛袁宏興。梁園月綠苔生閣芳塵靜,長安月練擣秋風萬户砧。人間境,最堪憐曉行殘月,茅店雞聲。

〔油胡蘆〕娥池月妖嬈倍增,羅浮月夢醒參橫。瑤臺月舞青鸞影,海棠月高燭燒銀。

〔解三酲〕初生月娥眉淡勻,將曉月弓彎西嶺。上弦月參差匣露些兒鏡,暈花月擁祥雲。南浦月彩雲夢斷歌蘇小,廣寒月一曲霓裳舞太真。重思省,總不如西廂待月,成就鶯鶯。一本"成就"作"斷送"。

〔油胡蘆〕梨花月溶溶滿庭,楊柳月低照樓心,蹁躚舞影。桃花月底香肩並,梧桐月犬吠金鈴。

〔解三酲〕是恁的萬般情景,算都是明月妝成。月如無恨長圓滿,却不似世上離別輕。今人不見當時月,今月曾經照古人。心無盡,怎能夠把嫦娥喚應,問個分明。一本"却不似世上"作"却不是世人"。

〔尾聲〕月團圓,人歡慶,仙宮塵世一般情,但願得常把金樽和月飲。

## 〔中呂〕粉蝶兒

十二闌干,見暮秋兩行歸雁,海天空錦字難傳。碧雞寒,金馬晚,嘆年光如箭。玉關人萬里情牽,這愁懷怎生消遣。夫人詞次句脫見字。

〔醉春風〕情意兩相投,別離何曾慣。同心誰解玉連環,即漸的遠遠。柳鎖愁眉,花濺粉淚,雲迷嬌眼。《北宮詞紀》"何曾"作"原不"。

〔迎仙客〕明月底海棠邊,多情多俏多靈便。染霜毫題雪絮半露春纖,賞花心恰遂了平生願。《北宮詞紀》次句作"詠雪吟風多才辨",又題"雪絮作舒冰繭"。

〔紅繡鞋〕又不是油頭粉面,又不是急管繁弦,又不是西廂待月那姻緣。試凌波雙洛浦,對明月兩嬋娟,緊趁逐半霎兒何曾間。一本脫次句,夫人詞"趁逐"作"趕逐"。

〔滿庭芳〕到如今錦衾獨眠,清秋似水,長夜如年,向陽臺空把佳期盼,隔多少遠水平川。我這裏歸期重算,他那裏卜盡金錢。望音書尋方覓便,向江頭岸畔,錯認幾人船。夫人詞脫"覓便"之"覓"。

〔耍孩兒〕昨宵夢裏分明見,醒來時枕剩衾單。費長房縮不就相思地,女媧氏補不完離恨天。相思離恨知多少,煩惱淒涼有萬千。別淚銅壺共滴,愁腸蘭焰同煎。《北宮詞紀》無"相思離恨"二句,而於次句下有"淒涼煩惱怎生言,轉教咱鬢上霜添"二句,於末三句上有"空嗟怨"句。

〔一煞〕藕斷絲不斷,月圓人未圓,月圓時枉把離腸斷。半天兒風韻愁千里,一弄兒秋聲悶幾般。和愁和悶,經歲經年。《北宮詞紀》於末二句上有"難相見"句,一本第三句"月圓"二字誤移在"枉把"之下。

〔尾〕你留戀時咱留戀,天有緣時人有緣。玉驄嘶逢着紅妝面,纔是我相思債滿。夫人詞"紅妝面"作"殘妝面"。

# 陶情樂府卷二　重頭

明新都楊慎升庵撰　江都任訥中敏校訂

## 清江引　留別安甯諸友

陶潛歸來三徑斜,冷淡東籬夜。橋頭烟柳疏,洞口桃花謝,溫泉餘春何處也。劉建之　（夫人詞無人名。）

　　近新來情懷偏則恁，惆悵憐同病。愁看白髮添，漸減金釵興，好良宵須將銀燭秉。李文瑞

　　蜀江楚江歸路渺，萬里同懷抱。我住幾時回，君去何時到，相思信來南雁少。張子言

　　離堂話長銀燭短，相對情何限。歡遊處處同，惜別聲聲怨，梅花月明清夢遠。董宗克

　　玉山翠巘春興多，別後君還過。攀花贈遠人，藉草成孤坐，黃鸝杜鵑誰與和。劉用晦

　　寶珠祇園懷舊遊，露飲三更候。花宮望碧雲，網戶攀珠斗，洞天真人回別首。施應民　夫人詞"祇園"作"祇樹"，"候"作"後"，"網"作"綢"，"首"作"久"。

　　點蒼西遊曾與共，別去情偏重。蕭蕭白馬嘶，寂寂黃鶯弄，垂楊繫情千萬種。段必民

　　五華仙人塵事少，載酒來蓬島。才驚歡會稀，又嘆傷離早，王孫西遊生碧草。李華仙

## 駐馬聽　和王舜卿舟行四詠

　　鳴櫓沙頭，月落潮平送去舟。風生古渡，烟鎖平林，霧隱中流。別離早遇雁鴻秋，思歸正是鱸魚候。且共忘憂，消除賴有樽中酒。

　　繫纜晨炊，正是舟橫野渡時。漁村乞火，落葉添薪，溪菜分絲。直鉤難釣錦鱗肥，空囊羞試青蚨技。鼓腹而嬉，山肴野蔌皆佳味。一本與夫人詞"佳味"皆作"嘉味"。

　　明月中天，照見長江萬里船。月光如水，江水無波，色與天連。垂楊兩岸淨無烟，沙禽幾處驚相喚。絲纜停牽，乘風直上銀河畔。

　　遠客長宵，一點漁燈伴寂寥。潮生瓜步，霜冷蕪城，月落楓橋。玉人何處教吹簫，愁心怕聽淒涼調。一枕無聊，鼕鼕五鼓催行早。《南宮詞紀》首句作"客路秋宵"，末句作"鼕鼕更鼓催人行"，"棹"一本與夫人詞煞韻亦作"棹"。

## 羅江怨

空亭月影斜，東方亮也，金雞驚散枕邊蝶。長亭十里，陽關三疊，相思相見何年月。淚流襟上血，愁穿心上結，鴛鴦被冷雕鞍熱。

黃昏畫角歇，南樓報也，遲遲更漏初長夜。茅簷滴溜，松梢霽雪，紙窗不定風如射。牆頭月又斜，床頭燈又滅，紅爐火冷心頭熱。

青山隱隱遮，行人去也，羊腸鳥道幾回折。雁聲不道，馬蹄又怯，惱人正是寒冬節。長空孤鳥滅，平蕪遠樹接，倚樓偎得闌干熱。一本與夫人詞"不道"作"不到"，夫人詞"偎得"作"人冷"。

關山望轉賒，程途倦也，愁人莫與愁人說。離鄉背井，瞻天望闕，丹青難把衷腸寫。炎方風景別，京華書信絕，世情休問涼和熱。夫人詞"書信"作"音信"。

## 黃鶯兒　雨中遣懷

《南宮詞紀》首曲屬楊夫人，《詞林逸響》及《堯山堂外紀》四首均屬楊夫人。

積雨釀輕寒，看繁花樹樹殘，泥途滿眼登臨倦。雲山幾盤，江流幾灣，天涯極目空腸斷。寄書難，無情征雁，飛不到滇南。《曲藻》"輕寒"作"春寒"，"看"作"見"，"雲山"及"江流"二句易位。

夜雨滴空堦，傍愁人枕畔來，鄉心一片無聊賴。淚眸懶揩，狂歌懶裁，沈郎多病寬腰帶。望琴臺，迢迢天外，懷抱幾時開。《逸響》"狂歌"作"征衫"。

霽雨帶殘虹，映斜陽一抹紅，樓頭畫角收三弄。東林晚鐘，南天晚鴻，黃昏新月弦初控。望長空，披襟誰共，萬里楚臺風。夫人詞"一抹紅"作"一彩紅"，《詞紀》"晚鐘"作"曉鐘"，《逸響》"殘虹"作"殘紅"，"一抹紅"作"一影虹"，"收三弄"作"聲三弄"。

絲雨濕流光，愛青苔繡粉牆，鴛鴦浦外清皮漲。新篁送涼，幽芳弄香，雲廊水榭恣遊賞。倒金觴，形骸放浪，到處是家鄉。夫人詞"幽芳"作"幽蘭"，《逸響》"濕"作"織"，"遊賞"作"清賞"。

## 寨兒令

掩繡闈，怨芳辰，高樓前又驚楊柳新。遠道風塵，何處雕輪，提起怕傷神。對妝臺獨鎖眉顰，試羅衣寬褪腰身。紅鸞羞舞鏡，青鳥罷啣巾。人，憔悴不禁春。

勻晚妝，繞迴廊，拜月兒樓前燒夜香。風韻幽篁，雨洗幽芳，蕙草已啼螿。錦迴文織就鴛鴦，朱弦琴彈罷鸞鳳。玉階生白露，冰簟冷銀床。郎，何處納新涼。

倚畫樓，聽更籌，珍珠簾捲上白玉鈎。風又颼颼，夜又悠悠，露冷月華收。慘雙蛾懶抱箜篌，撲流螢臥看牽牛。金梭拋舊恨，錦字織新愁。休，團扇不禁秋。

雪霽天，倚闌干，南枝頭又驚梅蓓丹。雞唱霜乾，雁叫風酸，空翠冷危巒。引歸心明月團團，鎖歸程白雪漫漫。銀釭愁未滅，畫閣夢初殘。寒，萬里客衣單。

## 對玉環帶過清江引　風花雪月

解凍池塘，鴨頭新綠皺。楊柳東邊，鵝黃初擺就。行雨拂高唐，飄烟籠遠岫。一陣寒生，羅衣金縷透。　衣羅纖腰原自瘦，料峭黃昏後。春光飄又零，花信僝還僽，紅芳吹成南薰晝。

萬綠枝頭，胭脂新點破。七寶闌邊，粉團拋幾個。燕子拾香泥，蜂兒催晚課。暗減春光，亂紅牆外過。　亂紅飛來千萬顆，滿地和烟墮。餘香粉蝶尋，黦曲黃鶯和，惜芳醉來清陰臥。

玉樹銀花，飄飄穿戶牖。翠閣紅爐，纖纖籠玉手。驢子緩吟鞭，羔兒催暖酒。明日尋梅，前村何處有。　前村朔風夜半吼，萬里平淵藪。豐年望十千，令節迎三九，東園暗黃先上柳。夫人詞"暖酒"作"美酒"，"令節"作"冷節"。

水面樓臺，影出清虛殿。雲母屏風，露見嫦娥面。霞帳掛金鈎，天機垂素練。窈窕清光，離腸今夜斷。　離腸斷時關塞遠，且醉西園宴。佳期玉鏡飛，良夜金波淡，悠悠一聲何處管。夫人詞"掛金鈎"作"釣金鈎"。

## 慶宣和

細雨柴門鎖寂寥，高枕連宵。窗前不知雞聲曉，到好，到好。

閑把離騷誦卜居，野意踟躕。花竹郊園也留子，且住，且住。

窮巷閉門有雀羅，問是誰過。酒聖多情約詩魔，伴我，伴我。夫人詞"閉門"作"閑門"。

酒聖忘情世態輕，吾愛劉伶。醒了還醉醉還醒，酩酊，酩酊。

## 醉高歌

年年客邸春風，夜夜寒衾別夢。五更離話正匆匆，又被雞聲斷送。

一樽獨酌成謠，萬里相思恨杳。王孫歸路遠迢迢，又是綠波芳草。

可憐寒食清明，長是他鄉外井。烟花零落客心驚，中酒懨懨如病。

樓頭織女星光，枕上白夷雞唱。客愁最苦夜偏長，喜報一聲天亮。

## 落梅花

花應作風。

病纔起，春已殘，綠成陰片紅不見。晚風前飛絮漫漫，曉來呵一池萍散。

扶病起，送春餘，送春歸恨他風雨。百般歸都歸到家居，我試問春家何處。

思鄉淚，遠戍人，夜更長砌成幽恨。四年餘瘴海愁春，夢兒中上林花信。

烹薑豆，煮馬魚，扶困起西園南浦。倩長陶長歌慰謫居，把朱顏酒中留住。

## 黃鶯兒　道情

早早脫樊籠，住蓬萊東復東，紫芝白石皆清供。金門九重，太倉萬鍾，回頭看破黃粱夢。脫樊籠，洞天春永，歲歲有花紅。

早早破塵迷，住蓬萊西復西，五禽三鳥同遊戲。登天險梯，乘流惡溪，寬閑儘有壺中地。破塵迷洞天春霽，歲歲有鶯啼。

早早謝朝簪，住蓬萊南復南，玄猿白鶴休驚怨。芝泥石函，丹光蔚藍，三花樹下長相伴。謝朝簪，洞天春暖。醉臥九霞嵐。

早早換凡胎，住蓬萊北復北，群仙別後長相待。蟠桃又栽，瓊花又開。都來笑我朱顏改。換凡胎，洞天春在，重會上瑤臺。夫人詞"長相待"作"常相待"。

## 調笑白話　檃括澤民詞

珠樹陰中翡翠兒，莫論生小被雞欺。鶻鴣樓高蕩春思，秋屏盼碧雙琉璃。御酥作肌花作骨，燕釵橫玉雲垂髮。使梁年少斷腸人，淩波襪冷重城月。夫人詞次句"被"作"涉"，"秋屏"作"秋犀"，"燕釵橫玉"作"金釵橫鬢"。

城月影移花，麝煤殘鸞帳遮，側寒紅漏銀缸亞。星回漢斜，雲收雨罷，河橋楊柳催征駕。畫雙鴉，丹青無價，愁黛有人誇。崔徽　夫人詞"麝煤"作"麝蘭"，"燕釵橫玉"作"金釵橫鬢"。

隼旗珮馬閶門西，泰娘紺幰相追隨。河橋春風弄髾影，桃花髻暖黃蜂飛。錦茵羅薦承回雲，水屏梳斜抱明月。銅駝夢斷江水長，雲中月墮韓香歇。夫人詞"桃花"作"枕花"。

香歇袂紅消，記當時駐馬橋，隼旗紺幰閶門道。行雲罷朝，添香罷宵，錦茵羅薦無心抱。夢迢迢，猿啼月曉，腸斷海門潮。泰娘　"月曉"二字原本模糊，從夫人詞補，夫人詞"抱"作"靠"。

武寧節度客最賢，後車摛藻爭嬋娟。曲眉雙頰亦能賦，慧中秀外誰相妍。花嬌葉困春相逼，燕子樓頭作寒食。月明空照合歡床，霓裳舞罷嬌無力。

無力倚銀箏，細腰肢掌上輕，嬌歌慢舞霓裳並。開簾月明，擎杯酒醒，香山上客無歸興。看娉婷，花遮柳映，飛燕蹴紅英。盼盼　《南宮詞紀》"慢舞"作"妙舞"。

臨邛重客蜀相如，被服容冶人閑都。上宮烟娥笑迎客，繡屏六曲紅氍毹。散珠穿簾洞房晚，歌倚瑤琴半羞懶。天寒日暮可奈何，掛客冠纓玉釵綰。夫人詞及一本"散珠"作"霰珠"。

釵縮髩雲鬆，蹙山眉減笑容，塵生綠綺無心弄。風流惱公，沈吟懊儂，玉釵羅袖和誰共。別臨邛，紅圍翠擁，春在錦城東。文君

　寒雲夜捲霜倒飛，一聲水調凝秋悲。錦靴玉帶舞回雪，丞相筵前看柘枝。河東詞客今何地，密寄軟綃三尺淚。錦江春色隔瞿塘，故華灼灼今憔悴。

　憔悴寫封題，墨淋漓淚點齊，軟綃三尺愁痕寄。星東月西，花昂柳低，瞿塘春草人千里。問桃谿，金屏笑倚，何日手重攜。灼灼

　春風戶外花蕭蕭，綠窗繡屏阿母嬌。白玉郎君恃恩力，樽前心醉雙翠翹。西廂月冷濛花霧，落霞零亂牆東樹。此夜靈犀已暗通，玉環寄恨人何處。夫人詞"西廂"作"西窗"。

　何處閟仙妝，鎖衹園春夜長，垂鬟接黛情先向。融融粉香，熒熒淚光，遊春夢斷空相望。問伊行，爲誰惆悵，憔悴只因郎。鶯鶯　夫人詞"情先向"作"清光向"。

　白蘋洲邊張水嬉，紅蓮上客心在誰。丹山鸞雛雜鷗鷺，暮雲晚浪相逶迤。十年東風未應老，斗量明珠結里媼。花房着子青春深，朱輪來時但芳草。

　芳草綠參差，恨尋春去較遲，蘭苕翡翠情難繫。東風一枝，開殘幾時，落花風起紅堆地。負佳期，黃金礦裏，千古鑄相思。茗子　夫人詞"千古"作"千里"。

　半天高閣倚晴江，使君宴客花當窗。一聲雛鳳破凝碧，洞房十三春未雙。目成眉語湘烟盪，拂水縈雲聞妙唱。佩搖棄置洛城東，風流雲散空相望。

　相望楚江頭，響穿雲聽雪謳，龍沙醉眼花枝瘦。纖腰一彄，宮鞋半兜，相逢漫道人依舊。減風流，白鬚衰柳，相對怎禁秋。好好　夫人詞"醉眼"作"著眼"，"白鬚"作"白髮"。

## 黃鶯兒　與李翰林分詠風花雪月二首

夫人詞李翰林作李棠。

　一縷篆烟斜，透羅帷爽氣嘉，香生滿院薔薇架。醒消臉霞，涼生鬢

鸦，冰肌玉骨迴廊下。楚臺賒，千金無價，歌扇掩團紗。

滄海暮雲收，碾玉輪浸玉樓，闌千十二明如晝。珠簾上鈎，金杯送籌，清輝玉臂秋波溜。廣寒遊，嫦娥消瘦，禁得許多愁。夫人詞"嫦娥"作"姮娥"。

附李作

李作乃花雪二首，原本依風花雪月順序而列，而於詞後分注作者之姓。

羅袖拂香紅，繞名園曉露叢，枝頭蝴蝶驚殘夢。八姨翠封，二喬錦蒙，畫闌十二金鈴動。倚東風，洞房清供，春在膽瓶中。

呵手弄絲篁，向紅爐騁素妝，瓊林遠近寒梅放。白鷺舞忙，銀蟾凍僵，玉山目倒銷金帳。到昏黃，江天清曠，懶上剡溪航。

## 清江引　康良卿席上和對山先輩韵，是日上元

鶯唇佳人鵝項管，吹起香雲散。金盤甘蔗漿，玉彈玫瑰飯，水邊看花歸去懶。

出牆花枝春不管，醉把閒愁散。日高未解醒，鐘動不能飯，春天困人雲也懶。一本"不能飯"作"才能飯"。

病來生疏弦與管，曲水流花散。仙娥句笑鹽，狂客詩嘲飯，青鸞寄書西去懶。

烹茶玩花人姓管，綠綺春愁散。峰頭玉液杯，洞口胡麻飯，劉郎為誰塵夢懶。夫人詞"杯"作"林"。

## 玉嬌枝

螳螂河尾，望汀洲風鷲浪起。白蘋紅蓼滿江湄，東流渺渺何之。晴虹低垂雨霽時，寒鴉過盡天連水。問歸來猶未有期，放開懷且拚沈醉。

刺桐花底，嘆天涯年光如水。看紅芳幾換綠陰移，西風搖落堪悲。長安浮雲一片飛，故鄉明月三千里。問歸來猶未有期，放開懷且拚沈醉。第二三句《南宮詞紀》作"綠陰稠，紅芳又稀，年光迅速如流水"。

鷓鴣啼起，一聲聲桄榔林裏。夢回時提起故園思，南雲目斷徘徊。

海邊孤舟似去時，衡陽回雁無留意。問歸來猶未有期，放開懷且拚沈醉。

蟾蜍光裏，半空中露華似洗。對星移斗轉絳河低，北窗冷透羅帷。兩頭纖纖玉鏡詩，三更脈脈金波淚。問歸來猶未有期，放開懷且拚沈醉。夫人詞"詩"作"時"。

# 陶情樂府卷三　重頭

明新都楊慎升庵撰　江都任訥中敏校訂

## 駐馬聽　再遊寶珠寺

寶樹祇園，曾借禪床一榻眠。松風颯颯，花露泠泠，桂月娟娟。塵埃別後幾多年，烟霞夢繞雲林畔。剩水殘山，秋來一一經過徧。

寶地曾遊，樹老花殘僧白頭。佳人易散，良會難逢，又是三秋。悠悠歲月水東流，及時行樂時難又。尋壑經丘，風流肯落他人後。夫人詞"易散"作"易換"。

寶馬雕鞍，雨浥輕塵路未乾。山開翠巘，水繞青螺，露冷金盤。團團明月照闌干，城中不似山中看。攜妓東山，金屏笑坐如花面。

寶殿迴廊，曾列金釵十二行。香薰翡翠，玉刻麒麟，金鎖鴛鴦。別來又見菊花黃，夢中猶記風流樣。再整仙妝，相思重算當年帳。

## 風入松　小遊仙

紫烟衣上繡春雲，鶴馭成群。碧桃花片隨流水，引漁郎烟霧紛紛。一曲瓊音嬾奏，半瓢金醴先醺。

疏松隔水奏笙簧，灑面清涼。步虛聲裏無人和，是仙家別樣宮商。習習風生巽户，纖纖月出庚方。

山風吹盡桂花枝，好夢醒時。玉童報道黃芽熟，喚鄰翁一笑伸眉。

緑水青山閑話，清風明月佳期。

洞門深鎖碧窗寒，一枕槐安。梅邊讀罷黃庭了，起來時宴坐蒲團。愛看琴中舞鶴，嬾從海上驂鸞。

## 黃鶯兒　閑情

采藥憶天臺，盼仙音不見來，倚闌却把青鸞怪。香留鏡臺，盟分玉釵，桃花流水依然在。憶天臺，合歡雙帶，好寄與多才。

折柳記章臺，擘雲牋錦句裁，銀筝翠袖烟花寨。千回萬回，傳杯放杯，故人惟有何戡在。記章臺，牽情繋愛，舞袖與弓鞋。

遥夜步閑階，恨玲瓏音信乖，三生未了怨鴦債。道來不來，説諧不諧，窗殘月夜人何在。步閑階，藍橋路窄，空使燕鶯猜。一本"月夜"作"夜月"。

聽雨坐空齋，任閑花爛熳開，碧雲信斷南天外。風搖緑槐，露零紫苔，詩人老去鶯鶯在。坐空齋，黃昏無奈，燈影照離懷。夫人詞"鶯鶯"作"多情"。

## 美櫻桃　四首

乍晴乍雨閑庭院，輕寒輕暖豔陽天。桃花似錦柳飛綿，正社日停針線。踏青拾翠，歌慵笑嬾，看朱成碧，香消玉減。鶯牋欲寄無鴻便，心心掛，念念懸，何時重會好因緣。

冰肌玉骨無煩暑，涼亭水閣賽蓬壺。流鶯喚起黑甜餘，追斷夢無尋處。天涯海角，音稀信疏，星前月下，形單影孤。彩鴛羞見荷池鷺，朝朝等，夜夜虛，何時重會碧紗厨。

流螢月暗窺羅帳，鳴蟬雨歇響長廊。西風又趲木犀黃，聽促織聲嘹喨。鵲橋龍駕，天孫會郎，兔寒蟾冷，嫦娥斷腸。人間天上同惆悵，年年想，月月忙，何時攜手入蘭房。

雲晴雨意商量雪，繡屏錦帳巧圍遮。北風寒似夜來些，梅額淡無心貼。更長漏永，魂驚夢怯，燈昏燭暗，參横月斜。鴛鴦錦字誰梢者，迢迢路，處處賖，何時同駕七香車。

## 金衣公子　五闋，爲張愈光題五號

一本無"五號"二字。

　　山翠合漣漪，看南天倚杵低，雙林八水幽樓地。花深路迷，巖香草萋，紺園碧瓦龍鱗砌。倦攀躋，吟成半偈，清磬浴堂西。太華

　　碧塢接金天，得清光萬國先，龍宮一朵白蓮現。仙娃醉眠，詩翁坐禪，寒光老兔常相伴。問嬋娟，六千三萬，一半客中圓。月塢

　　楊柳暗波光，映牽風翠帶長，並頭一朵白蓮放。蘋芳藻香，鸂翔鵁鶄，吳喬晉隗相親傍。恣疏狂，眠汀漱浪，日日醉爲鄉。雙塘

　　曖曖遠人村，帶殘霞映水門，金光閃閃鴉成陣。扶桑曉暾，蒹葭晚昏，謝家風景陶家韵。惱詩魂，陰晴休問，濁酒且須吞。霞村

　　山瘦水泠泠，似宮娃掩面形，鄭公愚叟相鄰近。簪頭瀑傾，枝頭鳥鳴，巖空石響虛相映。詠丁丁，猿吟鶴暗，留客坐孤亭。半谷

## 又　四闋爲禺同山人張愈光壽

　　獨倚異鄉樓，近星回又早秋，一杯起舞爲君壽。機心舞鷗，劍光射牛，年來世味都參透。向丹丘，龍吟鳳奏，好共九仙遊。《南宮詞紀》"舞鷗"作"海鷗"，"射牛"作"斗牛"。

　　張燭呪明瓊，爲東君滿意紅，北山靈鷲南山鳳。扶桑掛弓，華裾織蔥，滇雲燕月多年共。兩成翁，相逢似夢，何惜醉芳叢。

　　我欲問禺同，是詩人例合窮，儘將日月供吟諷。靈霞吐虹，行雲舞風，筆端造化長搬弄。惱天公，籠鵰困鳳，秀句滿南中。

　　蘆竹對黃蘆，嘆天涯歲月徂，中年湖海傷遲暮。休歌缺壺，休投暗珠，神仙原是英雄做。且歡呼，霞宮月户，醉舞喚麻姑。

## 駐馬聽　五首再爲愈光賦

　　太華峰頭，移向昆池萬里流。危巒掛月，古木撐雲，爽籟吟秋。神仙原愛住高樓，山林又落詩人手。採藥蓬丘，杖藜吾欲從君後。太華

　　小結茅茨，月與高人本有期。蛩吟露草，螢點涼莎，鳥動風枝。休

吟花塢夕陽遲，風林纖影乘秋霽。坐嘯支頤，水晶宮闕非人世。月塢

剩水分江，並蒂芙蓉本自雙。南湖北垞，東舫西船，後檻前窗。水邊雙調換新腔，菱童蓮女齊聲唱。濁酒盈缸，醉眠兩兩沙鷗傍。雙塘

綺散餘霞，小謝詩中好物華。丹光浦漵，紫氣樓臺，紅影兼葭。雞塒豚柵錦爲家，天教閑伴漁樵話。吟岸烏紗，蕭蕭華髮斜陽下。霞村

遠絕囂塵，谷口今逢鄭子真。鴨闌懶護，鴻弋慵揮，犢草眠今。軒窗一半讓閒雲，上林全樹何須問。夢裏輸君，檀郎夜伐南柯郡。半谷

## 折桂令　道情

喚玲瓏莫唱黃雞，我自在日晏高眠，一任他月曉爭啼。懶聽龍吟，休驚鶴夢，穩伴鷥棲。檀伐槐槐伐檀蟻穴裏難分彼此，蠻攻觸觸攻蠻蝸角上不辨東西。萬丈丹梯，千仞青溪，休要待鍾乳搏風，石髓成泥。

伴淵明且醉黃花，富貴浮雲，身世烟霞。歸去來兮，嗚呼老矣，大耋之嗟。嘆落葉紅葉堆邊杯斝，賦停雲白雲生處人家。醉也猶誇，醒也先賒，弱水蓬萊，穩上仙槎。

嘆盧生休夢黃粱，半晌歡娛，無限淒涼。海底撈針，刀頭吮蜜，刺裏尋香。是誰弱是誰強，齊下手半斤八兩。聽人歌聽人哭，急回頭兩鬢千霜。虞夏殷商，晉宋齊梁，付與漁樵，閑話商量。

勸齊奴休戀黃金，東逝騰波，西下頹陰。塵務勞勞，空花杳杳，暮景駸駸。斗量珠難償貴命，蠟融薪邀上客未稱尊心。壺裏乾坤，物外雲林，平地烟霞，山水清音。

## 玉抱肚　詠柳六首

綠繰金綫，醉和風搭在闌干。玉人兒心緒如絲，俏單衣正怯餘寒。長條無計繫雕鞍，泣雨傷春翠黛殘。

綠遮紅映，送離人短堠長亭。惱東風一陣飛花，曉來時萬點浮萍，君向瀟湘我向秦，愁見河橋酒幔青。

枝枝交影，占年光嬝娜輕盈。冤家的雨雨風風，多情的燕燕鶯鶯。蘇家小女最知名，捲葉吹爲玉笛聲。

鶯啼時候，最堪憐天晴雨收。滾香毬燕外絲邊，映秋千馬上牆頭。暖梳簪朵上妝樓，深鎖春光一院愁。

　　宮眉城髻，擲春心正是愁時。倚東風青眼初開，謝東皇玉手頻吹。嫩於金色軟於絲，立馬煩君折一枝。

　　舞兒風韻，折纖腰帖地啣簪。語流鶯有意相投，藏乳鴉無處追尋。鵝黃鴨綠鬧春深，可解牽留蕩子心。《南宮詞紀》首句作"風流忒甚"。

## 傍妝臺

　　喜春來，小紅誰點露桃腮。海棠睡起闌干外，柳上黃鶯却浪猜。丹青樓閣重重映，錦繡圍屏面面開。莎茵軟，襯繡鞋，笙歌聲度小蓬萊。

　　喜春晴，囀枝黃鳥兩三聲。青樓曉色珠簾映，紅粉春妝寶鏡明。牡丹庭院紅烟滿，鴨綠池塘錦浪生。梨花月，窗外明，秋千蹴罷翠香亭。

　　怕春陰，花房冷閉蝶難尋。輕寒曉拂桃腮嫩，流鶯聲懶柳絲沈。篆烟銷盡重門靜，冷落胭脂一徑深。閑朱户，冷翠衾，楊花撩亂別離情。

　　怕春歸，桃花無語罷芳菲。園林忽見紅憔悴，滿庭芳草帶斜暉。曲水飄香人去也，愁見牆頭梅子肥。繁華景，能幾時，鎖魂樓上鷓鴣飛。

## 傍妝臺

　　遠行人，顛頓天涯萬里身。想人生惟有離別苦，客舍青青柳色新。數聲風笛津亭晚，君向瀟湘我向秦。難分手，欲斷魂，酒醒何處各沾巾。

　　遠行人，且鬥樽前見在身。想人生到處渾如寄，夢裏輸贏總未真。三年已制相思淚，更入新年恐不禁。心如鐵，鬢似銀，形容變盡語音存。

　　遠行人，不願天涯金繞身。想人生有酒須當醉，莫向長亭訴飲巡。別時笑語風吹斷，後會迷離夢寫真。溫泉水，太華雲，舊遊回首更傷神。

　　遠行人，何用浮名絆此身。想人生會有相逢處，南北東西若比鄰。一辭故國三千里，獨戍遐荒二十春。尋蒼雁，覓錦鱗，相思莫厭寄書勤。

## 折桂令　二首寄同時謫戍二公

懷佳人玉壘關西，愁裏同行，夢裏分攜。九曲寒波，千重雪嶺，萬疊雲梯。想南宮同酣戰蟻，憶東華共聽朝雞。往事休提，舊跡都迷，風柳條條，烟草淒淒。右寄王舜卿

懷佳人鐵嶺遼東，紫塞黃沙，白雪玄風。虎兕長鳴，驊騮不到，鴻雁難通。說相思頻勞遠夢，問平安仰仗蒼穹。羽箭雕弓，意氣豪雄，休問玄都，幾度花紅。右寄劉汝楫

## 撥不斷

倚重簷，捲疏簾。江橋新水淹魚鰦，山郭微風弄酒簾。林坰落日回樵擔，高樓望斷。夫人詞"望斷"和"空斷"。

暮山尖，暮寒添。桂花月吐殘霞掩，柳絮風輕瑞雪沾。醁醽香冷餘春伴，酒闌人散。

## 水仙子

花枝似臉臉如花，嬌臉無瑕玉有瑕，黃金有價春無價。論風流誰似他，惜分飛明日天涯。冷落了秦箏銀甲，寂寞了金蓮翠琲，空閑了玉笋琵琶。原本首句脫"枝"字從一本補。

同心結做鳳頭鞋，比翼排成翡翠釵，三生未了鴛鴦債。燕鶯欺鷗鷺猜，可憐人薄命多才。折荷花愁斟別酒，對菊花悶損離懷，見梅花早寄書來。

## 七犯玲瓏　四首改舊詞
原列卷一套數內。

（香羅帶）凝妝上翠樓，垂楊映玉鉤，重簾不捲餘寒透。（梧葉兒）羅袖鈿箜篌，彈出江南怨，翻成塞北愁。（水紅花）漫凝眸，繁華時候，只見得王孫芳草，千里路悠悠。（皂羅袍）嘆韶華不爲少年留，恨青春獨把空床守。蜂兒作隊，鶯兒喚友，魚兒不見，雁兒怎求。（桂枝香）有信書難

寄,無言淚暗流。(排歌)寬腰帶,脫臂韝,闌干劃損玉搔頭。(黃鶯兒)何日再綢繆。《吳騷合編》"只見"下無"得"字,"空床"作"空幃"。

　　昏昏倦倚樓,炎炎暑氣浮,離人最怕初長晝。　薄倖在何州,粉頸鬆羅扣,弓鞋褪錦兜。　恨悠悠,雲僝雨僽,辜負調冰雪藕,清暑共銷憂。　臨妝奩不見鳳鸞儔,捻銀針嬾把鴛鴦繡。碧筒翠斝,與誰唱酹,銀床珍簟,與誰並頭。　香冷黃金獸,茶寒白玉甌。　荷香靜,槐影收,夕陽西下水東流,　天際望歸舟。《吳騷合編》"臨妝奩"作"對妝奩"。

　　悲鴻度小樓,飛螢滿院流,火雲銷盡青山瘦。　蘆葉暗汀洲,南浦潮初落,西山雨乍收。　冷颼颼,生綃翠袖,多少淒涼證候,團扇掩嬌羞。　只贏得一重愁翻做兩重愁,怎能彀長相思變做長相守。玉人何在,音書枉投,玉關何處,山河阻修。　每夜燒香拜,何時秉燭遊。　銀河耿,璧月浮,才看織女會牽牛,　指日又中秋。

　　寒光凍玉樓,霜威透錦裘,起來呵手鉛華溜。　對鏡嬾梳頭,嬌淚紅冰落,長眉翠月愁。　憶藏鬮,去冬時候,誰承望經今別久,轉眼歲華週。　風掀衣只道玉人捯,雪敲窗錯訝檀郎叩。誰來相探,銀蟾半鉤,誰來相伴,銀燈半篝。　業障千重透,恩情一筆勾。　梅魂瘦,竹影幽,幾曾胡蝶夢莊周,　默坐數更籌。《吳騷合編》"鉛華溜"作"雙眉皺","銀蟾"二句在下,"銀燈"二句在上。


# 陶情樂府卷四　小令

明新都楊慎升庵撰　江都任訥中敏校訂

## 折桂令　華清宮

　　華清池流水溶溶,波煖硫黃,影泛芙蓉。玉女溫湯,仙人畫閣,天子離宮。霓裳破繁華春夢,洞房冷環珮秋風。雲雨無踪,臺殿成空,一片青山,萬樹青松。

## 折桂令　別程以道

　　且停杯試把歌聽,我上雲山,君下烟江。百二秦關,三千江水,七十長亭。望帆檣秋河曙耿,倚闌干春樹雲停。流水泠泠,細雨零零,別夢回時,別酒初醒。

## 水仙子

　　晚妝眉黛月如鈎,香溼雲鬟露未收。清涵玉臂寒先透,想佳人倚畫樓,隔天涯萬里悠悠。度流螢鴛鴦機上,彈別鳳鵾雞弦首,望牽牛烏鵲橋頭。夫人詞"寒先透"作"寒光透"。

## 黃鶯兒

　　客枕恨鄰雞,未明時又早啼,驚人好夢回千里。星河影低,雲烟望迷,雞聲纔罷鴉聲起。冷淒淒,高樓獨倚,殘月掛天西。《南宮詞紀》"回千里"作"三千里"。

## 駐馬聽

　　把酒花前,錯聽黃鸝作杜鵑。遙天歸雁,落日歸心,遠水歸船。五更歸夢嶺雲邊,一聲苦被鄰雞喚。愁理冰弦,弦中總是思歸怨。夫人詞"愁理"作"愁裏"。

## 對玉環帶過清江引

　　長夜如年,孤燈相伴曉。海角飄零,風塵何日了。春夢不曾成,枕上聞啼鳥。青鏡慵看,朱顏容易老。　　東風寂寥南望杳,望斷星關道。心搖似斾旌,愁亂如烟草,百般不如歸去好。夫人詞"如年"作"迢迢","寂寥"作"寂寞"。

## 一封書

風光入眼新,芳草殘紅鋪錦茵。隨流水,踏軟塵,痛飲何須算酒巡。吹盡東園桃與李,浪蘂浮花怎當春。望歸雲,黯銷魂,三度傷春萬里身。

## 醉太平

新愁厮禁,舊約難尋,落紅堆徑雨沈沈,鎖梨花院深。瘦來裙掩鴛鴦綃,啼多枕破芙蓉印,歌殘琴斷鳳皇吟,險顛折玉簪。

## 黃鶯兒

《南宮詞紀》題作旅懷。

刳木取泉遙,看漕溪兩渡潮,鬢絲禪榻成孤嘯。僧門懶敲,漁舟且搖,暮山凝紫烟光罩。晚蕭蕭,天粘衰草,一望客魂銷。《南宮詞紀》"嘯"作"笑"。

## 折桂令

記銷魂雁齒橋邊,草色芊芊,蓮葉田田。玉鏡佳期,金釵暗約,錦瑟華年。天臺洞杯分獺膽,洞庭湖書斷龍牋。花又嬋娟,月又嬋娟,病也牽連,夢也牽連。

## 普天樂　別張愈光

碧雞秋,青蛉夜,一年光景,四度離別。春風燕麥搖,冷雨芙蓉謝。眼前傀儡兒童社,滾波濤不辨龍蛇。無情歲月,空成嘆嗟,老了豪傑。

## 小桃紅

東君培養牡丹芽,一刻春無價。翡翠簾垂玉鈎亞,騁夭斜,文君膩臉新妝罷,風兒又刮,雨兒偏下,流出小桃花。

## 黃鶯兒　與沐太華遊蓮池

倒影錦雲天,泛瑤池翠水邊,凌波羅襪迎風扇。香珠迸圓,柔絲暗牽,相偎相倚長相伴。兩嬋娟,清弦脆管,宜唱想夫憐。

## 黃鶯兒　春夕

一水隔盈盈,峭寒生日暮情,梨花小院人初靜。玉簫嬾聽,金杯嬾傾,月明閑殺秋千影。夢難成,村舂相應,疑是棹歌聲。

## 折桂令

紫毫書小硯紅銷,夢惹陽臺,望斷春翹。燕燕鶯鶯,風風雨雨,暮暮朝朝。剝春蔥麻姑指爪,寫烟花周昉纖腰。水帶青潮,雲鎖藍橋,倩女離魂,宋玉難招。

## 折桂令　偶見

是誰家掌上雲英,步步花迎,笑笑春生。勸客登樓,邀郎捲幔,約伴調箏。卸蘭膏鬢雲再整,拂檀痕眉月重盈。斗帳圍屏,小語低聲,休猜做燕請鶯招,願結個鳳誓鸞盟。

## 折桂令　改雲林古曲

想英雄四海為家,楚尾吳頭,海角天涯。墻外青山,丘中白雪,籬下黃花。古道上來牛去馬,小亭中暮靄晨霞。世事如麻,吾豈匏瓜,嬾追隨得意夔龍,儘逍遙諫退蚍蚷。

## 慶東原　改古詞

山中桂,洞裏桃,把功名兩字都拋掉。夢醒回鹿蕉,火焚然燕巢,梁折斷鼈橋。他得意笑咱們,他失意咱們笑。原註"鼈渡橋事見《桯史》"。

## 水仙子

英雄回首即神仙，山水清音當管弦。園林好處都題徧，不燒丹懶坐禪。對花枝中酒高眠，任光陰眼前赤電。傲霜雪鏡中紫髯，仗平安頭上青天。《曲藻》所引"任光陰"二句上下易位。

## 折桂令　高嶢夕眺

枕高岡坐占鷗沙，看曉渡帆檣，晚市魚蝦。紅葉園林，黃花籬落，白水蒹葭。望東寺雙浮佛塔，指高嶢一片人家。穩稱歸槎，低岸烏紗，滿酌村醪，閑話桑麻。

## 清江引

金鞍少年風韻別，翠被春寒夜。消息未歸來，寒食梨花謝，秋千月明腸斷也。

## 金衣公子　李菊亭攜妓夜過

良夜客相過，喚佳人細馬馱，睡痕紅界桃腮破。滇音按歌，秦聲半訛，金屏笑映如花坐。夜如何，東山高臥，興比謝公多。

## 醉太平　春雨

阻鶯儔燕侶，漬蝶翅蜂鬚，東風簾幙冷珍珠，寒生院宇。響琮琤滴碎瑤階玉，細溟濛潤透紗窗綠，濕模糊洗淡畫闌硃，這的是梨花暮雨。

## 折桂令

泛金波有女同舟，羅襪生塵，玉臉橫秋。小雪晴天，早梅時候，杜若芳洲。文字飲不須誇口，烟花寨正好藏頭。掌上溫柔，懷裏風流，笑吟罷韓偓香奩，醉題在杜牧青樓。

## 折桂令　升翁枉寄前詞，奉此以答

問何如范蠡扁舟，載得西施，心思如秋。兒戲江山，醉鄉天地，吾道滄洲。沽竹葉高嶢渡口，探梅花滇海沙頭。長嘯斜陽，濯足中流，且追隨六逸鴻冥，再休題四皓龍樓。

## 清江引

人間榮華無主管，樹倒胡孫散。天吳紫鳳衣，黃獨青精飯，先生一身都是懶。

## 次前韻

老來翻教兒輩管，世味摶砂散。空思張翰蓴，頓減廉頗飯，狂歌興來猶未懶。

## 次前韻

功名古來卑晏管，何似投閑散。休誇齊二桃，請看周三飯，博南山人同我懶。

## 一封書　粉席送別

揚關曲易終，聚黛垂鬟雲鬢鬆。鴛鴦怕錦籠，一個西來一個東。傾城傾國難再得，行雨行雲無定踪。擘釵龍，斷箏鴻，酒滿飛花淚滿風。

## 次韻

離亭宴未終，玉減香肌金釧鬆。晴波遠，香霧籠，人自傷心水自東。洞口桃花前度恨，屐齒苔窠昨夜踪。賦遊龍，詠驚鴻，洛浦行雲逐曉風。

## 次韻

高唐曉夢終，暈眉鎖卧髻鬆。愁鸚別翠籠，家住錢塘東復東。深閨暗緑添新恨，芳徑殘紅憶舊踪。鏡盤龍，瑟離鴻，腸斷桃根渡口風。

# 陶情樂府拾遺　套數

明新都楊慎升庵撰　江都任訥中敏輯錄

### 〔南呂〕一枝花　贈妓明時秀
見青樓韻語廣集卷二。

星騹騹花鈿簇翠圓，黑鬢鬢雲髻盤鴉小。金閃閃襪鈎舒鳳嘴，玉搖搖釵燕裊雞翹，一撮兒妖嬈。恰蓓蕾丁香萼，又葳蕤荳蔻梢。錦繡額贈新題走蚓驚蛇，丹青幀模巧樣迴鸞舞鶴。

〔梁州第七〕惹嬌雲招嫩雨十二樓頭競賞，喚春風呼夜月三千隊裏爭高，向人前所事包藏著俏。迷下蔡惑陽城的嫵媚，赴高唐謫廣寒的豐標。冠薛濤壓秋娘的聲價，傲馮魁憐雙漸的心苗。五陵兒沒福也難消，三般兒巧筆難描。衵春衫似梅花雪捏就酥胸，鬆搜帶似藕花風吹求麝腦，浥香汗似梨花露濕透鮫綃。想著，念著，自小兒便有那家傳口授的閑談笑。記不真，詠不到，只除是再入桃源走一遭，恁時節不落分毫。

〔尾聲〕俺這里錦窩巢雲屏霧帳重圍繞，花胡洞翠檻朱欄巧結縛。況值著媚景明時暢歡樂，俺將他風流窖約。行藏品藻，堪集入青樓賣弄到老。

### 〔商調〕二郎神　暮冬閨怨
見《吳騷合編》卷三。

分鸞鏡，爲脈脈相思愁病，頃刻光陰冬已剩。隴梅岸柳，那堪枝上春生。共渡寒江一夜程，怎捱得懨懨薄命。恁伶仃，枉修眉蹙損，將誰藥裹醫經。

〔前腔〕恩情，當初錯認，今成畫餅，似水底燈前花月影。甜言蜜語，誰知有日無憑。萬種恩情一片冰，單得個蒼天作證。恁關情，枉腰圍瘦損,無端心緒替騰。

〔集賢賓〕雕梁燕子雛又生,啾啾暗度窗櫺。把我離懷提掇醒,病難除夢又無成。心中自省,何日得那人歡慶。成孤另,有誰問粉枯脂剩。

〔前腔〕海棠零落添暮景,一輪月可中庭。紅燭無心花下秉,向人前不敢招承。孤形子影,尋不出些兒話柄。把羅襪整,怎奈何露多花徑。

〔黃鶯兒〕何處杜鵑聲,漏沉沉月二更,啼殘蕭寺閑鐘磬。神魂暗驚,相思倍增,離人最怕愁難聽。拜三星淚珠不斷,添的個曲池平。

〔前腔〕何處又吹笙,爲兒郎焦仲卿,與伊同事還同病,淒涼怎經,離愁怎生,花間宿鳥棲無定。恨多情,分明忘却,翠幕與銀屏。

〔琥珀猫兒墜〕無聊無賴,茆屋聽雞鳴。遠岫烟消斗欲橫,轆轤聲已響丁丁。魂靈,想著那人兒欲罷無能。

〔前腔〕倦開妝閣,吹滅短檠燈。紅日搖窗風愈冷,焚香拜禱紫姑靈。惺惺,休把並頭蓮做了水上浮萍。

〔尾聲〕臨行曾把佳期訂,此際雁鴻難定,何日得明珠掌上擎。

## 〔正宮〕刷子序犯　詠燕

見《詞林逸響・風卷》,《南宮詞紀》歸無名氏。

南浦雨初暄,雙雙去來,飛掠輕烟。記草色花香,南國風景依然。情牽,尋故主重來相見,薔薇老秋千庭院。薄羅小扇倚嬋娟,把舊愁新恨語相傳。

〔虞美人犯〕綠陰濃尋芳倦,寂寞情蹤,聊自消遣。堪傍處王謝堂前,張衡館下,碧闌清晝棲雙鷰。還羞與夜蝠争先。誰憐,抱離懷萬千。休嘆,回首家山遠。我待要翱翔雲漢邊,昭陽殿,看珠簾半捲,弄輕盈掌中歡寵舞蹁躚。

〔普天樂犯〕柳飛綿,花鋪蘚,猶自把殘春戀。夢魂勞千里孤雲,天涯路浪逐流年。胡種漢族憑誰辨,知己春風自相面,認翁孫冠服皆玄。詩句曾寄錦箋,繫紅絲玉京仙子舊姻緣。

〔朱奴兒犯〕夕陽裏鄉心更切,寒影落碧溪清淺。夜半秦摟月輪轉,空惆悵桂花開遍。時序變,倩西風送還。整烏氊,彩雲重許駕飛軿。

〔尾聲〕營新壘,憶故園,塞北江南幾轉,再准備來時二月天。

## 〔仙呂入雙調〕曉行序　吳宮弔古
見《詞林逸響・風卷》。

霸業艱危,嘆吳王端爲。苧蘿西子,傾城處妝出捧心嬌媚。奢侈,玉燕金鶯,寶鳳雕籠,銀魚絲鱠。遊戲,沈溺在翠紅鄉,忘却卧薪滋味。

〔前腔〕乘機,勾踐雄圖,聚干戈要雪會稽羞恥。懷奸計,越路私通伯嚭。誰知忠諫不從,劍賜鐲鏤,靈胥空死。兵起,不想道情行成,北面稱臣不許。

〔黑麻序〕堪悲,身國俱亡,把烟花山水,等閑無主。嘆高臺百尺,頓遭烈炬。休覷,珠翠總刼灰,繁華止廢基。動情的,不見范蠡,乘舟一片,太湖烟水。

〔前腔〕聽啓,檇李亭荒,更夫椒樹老,浣花池廢。問銅溝明月,美人何處。楊柳水殿欹,芙蓉池館摧。惱人意,只見緑樹黄鸝寂寂,怨誰無語。

〔錦衣香〕館娃宮荆榛蔽,響屧廊莓苔翳。可惜剩水殘山,斷厓高寺。百花深處,一僧歸空遺舊跡,走狗鬥雞,想當年僭祭。望郊原淒涼雲樹,香水鴛鴦,去酒城傾墜。茫茫練瀆,無邊秋水。

〔漿水令〕採蓮涇紅芳盡死,越來溪吳宮慘悽。宮中鹿走草萋萋,黍離故墟,過客傷悲。離宮廢,誰避暑,瓊姬墓冷蒼苔蔽。空園滴空園滴梧桐夜雨,臺城上夜烏啼。

〔尾聲〕越王得計吞吳地,歸去層臺高起。只今亦是,鷓鴣啼處。

## 〔仙呂入雙調〕曉行序　題牡丹
見《詞林逸響・風卷》。

素質紅顏,愛名花如斗,向人嬌軟。開芳宴招集,五侯群彦。妝點,石甃層臺,翠護輕綃,朱圍曲檻。爭羨,渾一似漢宮人早起,倩扶猶倦。

〔黑麻序〕堪憐,傾國仙姿,賽朝霞凝彩,小簾新捲。是誰從天上,借來芳豔。同玩香風滿畫軒,明妝晃繡筵。酒頻觀,看取綠葉柔枝,同下素羅香染。

〔錦衣香〕比紅蓮宮妝粲，比玉蘭天香散。贏得宋苑唐家，禁中栽遍。姚黃魏紫姓名傳，侯門相幕，那數萬錢。繫金標玉篆，更多開禪林仙院。車馬隨歌扇，滿城爭看。長安巷陌，游塵飛滿。

〔漿水令〕到如今流芳更遠，慶浮生看花有緣。開襟暢飲且盤桓，把錦箏漫彈。絳燭燒殘，外多戀，花在眼，燈前月下都宜翫。花應惜花應惜王侯第館，何須問何須問洛陽園。

〔尾聲〕花中富貴誰還占，但只願東君有管。漫教零落，晚風庭院。

## 〔黃鐘〕畫眉序　題月

見《詞林逸響·風卷》。

玉宇動涼風，夜靜仙宮捲雲箔。喜南山兔影，十分圓足。初疑是金餅堆盤，却又是冰輪出谷。合這回不負西廂，待花下漫斟醽醁。

〔前腔〕琉璃迸新綠，光滿人間淨煩燠。透紅妝深院，故燒銀燭。疏籬墮萬顆明珠修竹，映一簾湘玉。合前

〔前腔〕沉沉籟聲寂，水浸瑤臺凍凝目。見疏星耿耿，似戰酣棋局。南枝上鵲繞銀河，荒迥外雞聲茅屋。合前

〔前腔〕嫦娥占幽獨，曾駕蟾蜍離凡俗。向金盆掬水，宛然在目。惟願取寶鑑長圓，休似他銀鉤一曲。合前

〔滴溜子〕東山妓東山妓舞裙翠蹙，乘鸞女乘鸞女鳳簫寂寞。嫋嫋餘音難續，嘆清光處處同。怨離人南北，花館題詩，共誰刻竹。

〔滴滴金〕仙舟泛影波心逐，千古風流幾翻覆。高堂欲把黃金築，逞歡娛情未足。涼生翠幌，金波踴躍秋萬斛。庾亮樓中，此景不俗。

〔鮑老催〕倚闌縱目，丁丁杵春聲剝啄。紋鸞彩鳳霓裳曲，恍在水晶宮。銀世界，清虛屋，天香細染宮袍綠。山河影裏飄金粟，烏紗一朵珠纓簇。

〔雙聲子〕秋衣薄秋衣薄，玉露冷似冰壺浴。光迅速光迅速，花影亂闌干曲。吟興足，更漏促，趁嬋娟伴我，醉眠金谷。

〔尾聲〕餘情浩蕩蟠詩腹，吐出清歌標錦軸，願月下知音人再續。

### 折桂令　贈美妓
見《青樓韻語廣集》二卷。

海棠開新燕來時,笑問東君,醉倚西施。金斗風流,玉京風韻,錦里風姿。合歡釵墜,一雙垂絲蟢子,步搖花引幾隊課蜜蜂兒。三五腰肢,二八蛾眉,蕊珠樓好賽端端,鳴珂巷休説師師。

### 朝天子　恨思
見前書六卷。

瞞昧著母親,提防著外人,把一個肯字兒將咱颭。常記得酒闌人散那時分,誰先肯,誰先順。三般話兒説來最准,到如今難親近。須記得舌尖上唾津,手背上掐痕,靴臉上鞋兒印。

### 黄鶯兒　秋夕憶別
見前書七卷。

別調不成音,寫丹楓和淚吟,楊花心性渾無定。春宵萬金,秋宵獨衾,風流自古多幽恨。最難禁,燈昏香爐,璧月影將沉。

### 駐雲飛　寄帕
見前書七卷。

半幅香羅,千里殷勤寄素娥。情意天來大,休著人猜破。哥,淚眼費摩挲,行行偷墮。望斷雲山,鴻雁全無個,悶坐書齋恨轉多。

### 朝天子　美姬繡鞋
見前書七卷。

月牙,笋牙,相映西廂下。金蓮小小鳳頭姱,兜不起凌波襪。底樣兒難裁,葉根兒難畫,比將來剛半扎。看一看眼花,捏一捏手麻,撅一撅風癱了罷。

## 松下樂　清課

見《詞林逸響·花卷》,《堯山堂外紀》歸楊循吉。

歸來重整舊生涯,瀟灑柴桑處士家。草庵兒不用高和大,會清標不在奢華。紙糊窗白木榻,掛一軸單條畫,供一枝得意花,自燒香童子煎茶。

# 楊夫人曲卷一　套數

明楊升庵夫人黄氏撰　江都任訥中敏編訂

### 〔商調〕二郎神

《南宮詞紀》歸升庵,題作客中春思。

春到後,正三五銀蟾乍圓。深院裏,誰家吹玉管,紫姑香火,聽一叢士女聲喧。欲擲金錢暗卜歡。爭奈歸期難算。佮遠如天,真個是斷腸千里風烟。《詞紀》"春到後"作"人不見","乍圓"作"影乍圓",下句作"怪玉笛飛聲來別院","欲擲"二句作"欲卜歸期,暗擲錢,爭奈卦中爻變","遠如天"作"關山遠"。

〔前腔〕嬋娟,從別後萍流蓬轉。多病多愁,相思衣帶緩。記名園花底,笑挽秋千。回首雲程隔萬山,燕來時黄昏庭院。合前　《詞紀》"從別後"作"從他別後",下句作"枉多病多愁,成僱寒","花底"下多"雙雙"二字,"萬山"作"楚天"。

〔玉堂客〕東風芳草競芊綿,何處是王孫故園。夢斷魂勞人又遠,對花枝空憶當年。愁眉不展,望斷青樓紅苑。合離恨滿,這情悰怎生消遣。《詞紀》首二句作"王孫久別懷故園,東風芳草芊綿","愁眉"二句作"香嬌玉軟,都做了鳳悲鳳怨",合作"難消遣,知甚日愁眉雙展"。

〔前腔〕海棠經雨,梨花禁烟,買春愁滿地榆錢。雪絮成團簾不捲,日長時楊柳三眠。樓高望遠,空目斷平蕪如剪。合前　《詞紀》次句作

"胭脂色淺"，"望遠"作"思懸"。

〔黃鶯兒〕晴日破朝寒，看春光到牡丹，閑將往事尋思徧。玉砌雕闌，翠袖花鈿，一場春夢從頭換。合惡姻緣，雲收雨散，不見錦書傳。《詞紀》"寒"作"烟"，次句作"怪鶯啼畫檻前"。"玉砌"二句作"情題是錦箋，魂依是翠鈿"，"換"作"變"，"錦書"作"尺書"。

〔前腔〕鶯語巧如弦，趁和風度枕函，聲聲似把愁人喚。衷腸幾般，夢魂那邊，一春憔悴誰相伴。合前　《詞紀》無此首。

〔琥珀猫兒墜〕紅稀綠暗，最是惱人天。恰正是一片春心怯杜鵑，又那堪千重別恨調琴懶。合慘然，對天涯萬里，落日山川。《詞紀》三句無"恰正是"，"又那堪"句作"祇將別恨付鷗弦"合作"潛然，對萬里天涯，落日山川"。

〔前腔〕水流花謝，春事竟茫然。都只因春帶愁來到客邊，怎奈春歸愁不與同還。合前

〔尾〕九十春光虛過眼，人憔悴慵將鏡看。且倒金尊，花前學少年。《詞紀》首二句作"臨風悵把花枝撚，怕憔悴傷春人面"。

## 〔南呂〕一枝花

好恩情花上花，都翻成夢中夢。隔春水渡旁渡，勝蓬萊東復東。江鱗塞鴻，誰把殷勤送。雌蝶雄蜂，空堆愁悶叢。

〔梁州〕蓬鬆了雛鴉鬢朵，蹙損了團鳳眉峰。塵埋了舞鸞腰帶，冷落了瑞鴨熏籠。想當初拈玉纖秋千夜月，片時間軟金杯桃李春風到如今匀紅淚秋雨梧桐。冲冲，匆匆，合歡調改做了淒涼弄，點潘郎，翠葆如蓬。真個是千重別恨調琴倦，一寸相思攬鏡慵。

〔尾〕有一日閑衾剩枕和他共，解嬌羞錦蒙，啓溫柔玉封，說不盡嬝娜風流千萬種。

## 〔仙呂〕點絳唇

驕馬吟鞭，舞裙歌扇長相伴。月下星前，多少陽關怨。

〔混江龍〕只為歌喉宛轉，覰著陷人坑似誤入武陵源。但和他恩情

一遍，不弱如流遞三千。不義門怎生連理樹，火坑中難長並頭蓮。眉尖傳恨，眼角留情，枕邊盟誓，袖裏香羅。尊前心事，席上情悰，傳書寄簡，剪髮拈香。都是鼻凹兒砂糖，待嚥也如何嚥。郎君們買了些虛脾風月，賣了些實落莊田。

〔油葫蘆〕有這等月夜春風美少年，憑他們惡胡纏。每日價長安市上酒家眠，有一日業風吹入悲田院，那時節行雲不赴凌波殿。麗春園十徧妝，曲江池三墜鞭，恰相逢初識桃花面，都是些刀劍上惡姻緣。

〔天下樂〕你早賣了城南金谷園，虔也麼虔。怎過遣每日價宴，西樓醉歸明月天。一壁廂間著綺羅，一壁廂列著弦管，有一日飢寒守自然。

〔那吒令〕那一等村的肚皮裏無一聯半聯，那一等村的酒席上不言強言，那一等村的俺跟前無錢說有錢。是這村膽兒查，動不動村筋兒現，有甚的品竹調弦。

〔鵲踏枝〕覷著一個俏生員，伴著一個女嬋娟。吟幾首詠月情詩，寫幾幅錦字花牋。團弄的香嬌玉軟，溫存出疼惜輕憐。

〔寄生草〕你問我兩樁事，聽取俺一句言。俏的教柳腰舞得東風軟，俏的教蛾眉畫出青山淺。俏的教鶯聲歌送行雲遠，俏的教半枕土築就楚陽臺。村的啊一把火燒了祆王殿。

〔村裏迓鼓〕二人評論，百年姻眷，這虔婆又特地來也麼天。天，好不與人行方便。待教俺蝶避了蜂，鶯丟了鳳，鶯離了燕。鏡破了銅，簪折了玉，瓶墜了泉。娘啊，直恁的緣薄分淺。

〔元和令〕洞房春口中言，陽關路眼前見。賽潘安容貌可人憐，腹中愁欺謫仙。一春常費買花錢，赤緊的不分愚共賢。

〔上馬嬌〕教那廝空搜拳，乾遇仙，休想花壓帽簷邊。推得個沉點點磨盤兒滴溜溜轉，暢好是眼暈又頭旋。

〔遊四門〕待教我片帆雲影掛秋天，兩岸聽啼猿。吳江楓落胭脂淺，看漁火對愁眠，你與緊張筵。

〔勝葫蘆〕便有天子呼來不上船，把我熬煎。待教我冷氣虛心，將他顧戀。覷一覷要飯吃，搜一搜要衣穿，老虔婆要趲下口含錢。

〔么篇〕月缺又重圓，人老何曾再少年。舌尖上無甜唾，口兒裏有頑涎，甚底是前生世曾會靈山。

〔後庭花〕你愛的是販江淮茶數船,我愛的是詠風流詩百篇。你愛的是茶引三千道,我愛的是錦箋數百聯。便休言赤緊的不願,請點湯晏叔原,告迴避白樂天。

〔尾聲〕贏得腹中愁,不稱心頭願,大都來時乖命蹇,山海似恩情方纔展,被他愛錢娘撲地掀天壞了好姻緣。我只願禱告青天,若到江心緊溜旋。向金山寺那邊,豫章城前面,好教一陣風萴碎了販茶船。

## 〔越調〕鬥鵪鶉

《北宮詞紀》歸升庵,題作"惜別",《青樓韻語廣集》亦歸升庵,題作"憶別"。

分手東橋,送君南浦,目斷行雲,淚添細雨。載恨孤舟,戞愁去櫓,厮看覷,雨無語。當時也割不斷那樣恩情,今日個打疊起這般悽楚。

〔紫花兒序〕病懨懨雲衣雨帶,冷清清月戶風亭,孤另另晨鐘暮鼓。信斷音疏,枕剩衾餘。踟躕,想起他嬝嬝婷婷玉不如。動人情處,春風蘭蕙,秋水芙蕖。

〔調笑令〕短嘆又長吁,一寸柔腸千萬縷。眼睜睜怎忍分飛去,鳳鸞交駕鴛伴侶。爭奈惹鴉喧鵲妒,枉躭了落雁沉魚。《詞紀》與《廣集》將首句分作"倚閤,但長吁"兩句。

〔麻郎兒〕東君要與花為主,可憐見憔悴了粉捏身軀。月纔圓便有雲和霧,端的是嫦娥命苦。

〔聖藥王〕高橋渡,團山路,萬轉千回,無計留他住。錦瑟年華誰與度,鐵做心腸淚似珠,不見他一紙來書。

〔尾聲〕不明白前世姻緣簿,教今生千般間阻。實指望眼皮上供養出並頭蓮,有分教心窩兒裏再長連枝樹。《詞紀》《廣集》"眼皮"作"眼皮兒","再長"作"再長成"。

## 〔仙呂〕點絳唇　維揚風月

錦纜龍舟,可憐空有隋隄柳。千古閑愁,春老瓊花瘦。

〔混江龍〕江山如舊,竹西歌吹古揚州。二分明月,十里紅樓。人倚雕闌品玉簫,手捲珠簾上玉鈎。維揚風月景,天下最為頭。罷干戈無士馬太平時世，省刑罰薄稅歛民庶優遊。列一百二十行經商買賣，透八萬四千門人物風流。平山堂竹西閣蟠花膩葉，九曲池小金山折鷺沙鷗。銀行街米市街如龍馬驟，禪智寺山光寺似蟻人稠。茶房內泛松風香酥鳳髓，酒樓裏歌白雪檀板鶯喉。接前庭通後院魚鱗砌瓦，繞竹閣近綺户龜背毬樓。金盤露瓊花露釀成佳醞，錦纏羊柳羔羊肫饌珍羞。看官塲愛嬋袖垂肩蹴踘，休教坊慣清歌妙舞俳優。著輕紗穿異錦齊臻臻按春秋，奏繁弦吹急管鬧炒炒無昏晝。將數萬兩黃金買笑，費幾千段紅錦纏頭。

〔油葫蘆〕為甚的月底籠燈花下遊，將飲興酬，我向綺羅隊裏封作醉鄉侯。斟著錦橙漿，諠淨談天口，折取□桃花，搭住拿雲手。打疊起國子監的酸，拽扎起翰林院的縐。趁著錦封未拆香先透，渴時節飲盡洞庭秋。

〔天下樂〕尚兀自一盞能消萬斛愁，三杯扶起頭，我只待紅裙會中奪第一籌。飲酒啊灌得咳嗽，看花啊沁成症候，也強似假惺惺真出醜。

〔那吒令〕倒金瓶鳳頭，捧瓊漿玉甌。蹙金蓮鳳頭，顯凌波玉鉤。整金釵鳳頭，露春尖玉手。若還天有情天也老，春有恨春先瘦，山有眉山也颦皺。

〔鵲踏枝〕花比他少風流，玉比他欠温柔。端的是燕也銷魂，鶯也藏羞。赤緊的櫻桃閉口，呆答孩荳蔻藏頭。

〔寄生草〕我空央及到十個千歲，他剛嚥了三個半口。險污了內家裝束紅鶯袖，越顯出宮腰體態纖楊柳，到□出芙蓉顏色嬌皮肉。白處似梨花妝冷粉酥凝，紅處似海棠暈暖胭脂透。

〔么篇〕磨鐵角烏犀冷，點霜毫玉兔秋，對明窗滄海龍蛇走。蘸端溪石硯雲烟透，拂羅牋湘水波文溜。投至得吳宮花草二十年，費了些翰林風月三千首。

〔後庭花〕應答得俏心兒投，笑談得局面兒熟。拚了我月夜攜紅袖，不覺的春風到玉樓。這酒啊怎生嚥下咽喉，動勞個田文生受。氣昂昂才包今古吞宇宙，焰騰騰噴吐虹霓射斗牛。寬綽綽拂袖紅雲出鳳樓，興悠悠騰駕蒼龍遍九州。樂陶陶醉賞瓊花雙玉甌，香拂拂斟一杯花露酒。

〔青歌兒〕呀，央及殺偷香偷香韓壽，不驚回兩行兩行紅袖。感謝文章賢太守,我是江海俊儒流。傲宰相王侯,咱賓主相留。敘筆硯交游,會詩酒綢繆。他悶倚紅樓,櫪控驊騮,絲繫蘭舟。潯陽江水悠悠,蘆花楓葉颼颼。紅蓼汀洲,白芷林丘。話不相投,不爭聽徹琵琶楚江頭,休淚濕了青衫袖。

〔**尾聲**〕比及客散畫堂中,不隄防人約黃昏後。這花啊,不比泛常牆花路柳,這場事怎肯癡心兒干索休。引惹得人強風情酒病花愁,掃愁帚強如捧箕手。者磨的頭鬢上霜華漸稠,衫袖上酒痕依舊,會風流到老也風流。

# 楊夫人曲卷二　重頭

明楊升庵夫人黃氏撰　江都任訥中敏編訂

## 駐雲飛　足古詩四首

《南宮詞紀》歸升庵,題作"怨別"。

暗想嬌容,疑是瑤台月下逢。鳳枕鶯衾共,蝶粉蜂黃重。儂,何處最情鍾,分散西東。會少離多,天也將人弄,水遠山長處處同。

暗想嬌情,一笑回頭百媚生。兩點秋波淨,八字春山映。卿,別後冷清清,獨守長更。夜雨難晴,一枕和愁聽,隔個窗兒滴到明。《詞紀》"夜雨"作"淚雨"。

暗想嬌羞,往事牽情不自由。帳薄燈光透,寒峭花枝瘦。休,一日比三秋,人在心頭。兩字相思,鎖定雙眉皺,殘夢關心懶下樓。

暗想嬌嬈,家住成都萬里橋。啼鳳求凰調,比玉如花貌。妖,無福也難消,淚染紅桃。欲寄多情,魚雁何時到,若比銀河路更遙。

## 憑闌人　足古四首

休教宮髻學蠻妝,原是巫山窈窕娘。行雲夢高唐,隨郎還故鄉。

休教鶯語這蠻聲,萬里長途辛苦行。迢迢遠別情,盈盈太瘦生。

休教眉黛掃蠻烟,同上高樓望遠天。天涯新月懸,故鄉何處邊。
休教楊柳學蠻腰,魂斷關山骨也銷。何時步蘭苕,折花戲紅橋。

## 一半兒　四首

前二首《青樓韻語廣集》歸升庵,題作"風情"。

小紅樓上月兒斜,嫩綠叢中花影遮。一刻千金斷不賒。背燈些,一半兒明來一半兒滅。

腰身小小意中人,嬌態盈盈笑裏嗔。一點靈犀漏泄春,引人魂,一半兒香來一半兒粉。

水邊楊柳路邊花,也照污泥也照沙。合著風流一夥家,説情雜,一半兒妝聾一半兒啞。

金杯美酒苦留他,錦帳羅帷不戀咱。翠袖紅妝馬上斜,俏冤家,一半兒嚚人一半兒耍。

## 折桂令　四首

記相逢月地雲階,剩枕閑衾,擘鈿分釵。半點芳心,三生薄倖,一寸離懷。立秋千風吹繡帶,倚闌干露濕羅鞋。人去愁來,信阻音乖,淹了藍橋,旱了陽臺。

記相隨並枕同衾,愁也同禁,病也同禁。翠袖雕鞍,寒冰凍雪,遠水遙岑。好時光歡娛未穩,惡姻緣憔悴如今。感嘆沉吟,舊約休尋,抹殺了交頸鴛鴦,再休提一刻千金。

記風流窈窕知心,花底垂頭,石上磨簪。花朵兒身描,月芽兒眉細,柳眼兒情深。竹枝兒扭斷了誰憐瘦損,桃瓢兒擘破了人在中心。鸞鳳離林,鴉雀相侵,不爭他蝶鬧蜂喧,都只因雁落魚沉。

記相思俊俏嬌娃,間阻多端,咫尺天涯。雲鬢慵梳,蛾眉羞畫,都只因他。嘆光陰如奔駿馬,笑玉顏不及寒鴉。閉月羞花,掃雪烹茶,美愛幽歡,變做了短嘆長嗟。

## 梧葉兒　四首

雲和雨,雨和雪,雪兒雨兒無休歇。隴驛傳梅隔,池塘夢花怯,窗案燈花謝。難打熬無如今夜。

衾如鐵,信似金玉漏靜沉沉。萬水千山夢,三更半夜心,獨枕孤眠分。這愁懷那人爭信。

元宵近,燈火稀,冷落似寒食。歲月淹歸計,干戈有是非,烽火無消息,曉來時帶減征衣。

金爐畔,玉案前,記得當年鵠立通明殿。翦綵宮梅片,青烟御柳篇,明月傳柑宴。幾曾經瘴雨蠻烟。

## 柳搖金　嘲四首

《青樓韻語廣集》歸升庵。

茅簷草下,誰種出海棠花。嬌滴滴俏冤家,柳腰枝剛一把,綰烏雲雙鬢鴉。娉婷未嫁,二八時娉婷未嫁。飲散流霞,只落得夢魂牽掛。《廣集》"飲散流霞"上多"流霞飲散"一句。

尊前花下,且寬心留戀咱。何日再遇嬌娃,雙並頭還嫌遠,怎生的拋撇了他。金錢買卦,桃花女金錢買卦。寶馬香車,再來時春宵無價。《廣集》"寶馬香車"上多"香車寶馬"一句。

留他不下,為誰人忙去家。回首時隔天涯,東郊頭扶上馬,紫絲韁手懶拿。淚沾羅帕,背人處淚沾羅帕。一曲琵琶,兜率天怎如愁大。《廣集》回首時,作"回首處","一曲琵琶"上多"琵琶一曲"一句。

與他說下,休戀著花木瓜。端的是意見差,老鴇兒惡狠狠,黃桑棍寸紮麻。磨殺纏罷,休只等磨殺纏罷。喬坐花衙,疼殺我哥哥大大。《廣集》"意見差"作"意兒差","喬坐花衙"上多"花衙喬坐"一句。

## 落梅花

樓頭小,風味佳,峭寒生雨初風乍。知不知對春思念他,背立在海棠花下。

書憑雁,夢借蝶,枉眈了千金良夜。倚闌干愁見月兒斜,洞房冷銀燈花謝。

春寒峭,春夢多,夢兒中和他兩個。醒來時空床冷被窩,不見你空留下我。

因他俏,把咱迷,眼睜睜指甚爲題。害相思只怕日平西,合著眼先推昏睡。

## 駐馬聽　四首

夢峽啼湘,千古多情兩斷腸。眼穿心碎,影隻形單,意慘神傷。寒生翠被裛餘香,鏡中不見青鸞樣。好處休忘,長記得花前月下相偎傍。

離別曾經,不似今番最慘情。想著他水邊嫋嫋,月底娟娟,花下盈盈。到如今守窗無語恨長更,燈前不見徘徊影。萬里飄零,那堪對此淒涼境。《南宮詞紀》歸升庵,題作"怨別"。

淚眼看花,記得臨行相送他。一場春夢,千種風流,咫尺天涯。慵歌白雪飲流霞,尊前不見凌波襪。懊惱嗟呀,山盟海誓成虛話。

春夢悠悠,日壓重簷懶舉頭。鶯孤鳳隻,燕懶鶯慵,蝶恨蜂愁。粉香餘暖在衾裯,懷中不見纖纖手。有日綢繆,他心我意還依舊。

## 風入松　四首

噴香瑞獸小妝臺,咫尺天台。芭蕉不展丁香結,閉春心眉鎖難開。銀蠟燒燈過後,金釵鬥草歸來。

徘徊花月可憐宵,天近人遙。有情□□□□,□□時一枕無聊。王母池連翠水,雲英家住藍橋。

月樓花院好風光,謝女檀郎。朝朝暮暮遙相望,殢人嬌羅帶留香。青鳥解傳消息,銀河不隔紅牆。

繡羅紅嫩抹酥胸,此夕重逢。妬雲恨雨腰肢重,暈眉心獺髓分紅。蠟燭寒籠翡翠,麝香暖度芙蓉。

## 折桂令

《青樓韻語廣集》歸升庵題作"風情"。

爲風流勾引春情,你做紅娘,誰做鶯鶯。鬢亂釵橫,眼重眉褪,膽顫心驚。粉香處弱態伶仃,烟花寨即世魔精。悄悄冥冥,款款輕輕,偏手妹妹先嘗,急喉姐姐休聽。原闕"弱態"及"即世魔"五字據《廣集》補。

好花枝國色天香,你做鶯鶯,誰做紅娘。賽越西施,遊吳南浦,窺宋東牆。有千般風流業樣,愛尋常雅淡梳妝。鳳也求凰,鴛也思鴦,有分成雙,願早成雙。

## 紅繡鞋

《青樓韻語廣集》歸升庵題作"嘆閃"。

實指望花甜蜜就,誰承望雨散雲收。因他俊俏我風流,鼻凹兒裏砂糖水,心窩兒裏酥合油。話不著空把人迤逗。

你不慣誰曾慣,人可瞞天可瞞。夢見槐花要綠襖兒穿,嘴孤都看一看,滑即溜難上難。你無緣休把人來怨。《廣集》"天可瞞"作"天怎瞞"。

## 清江引

容易來時容易捨,寂寞千金夜。花好防花殘,月圓愁月缺,怕離別如今真個也。

離恨天教人盼望苦,又趲上銷魂路。身居寂寞州,情遍相思鋪,斷腸時幾點臨明露。

## 天淨沙

哥哥大大娟娟,風風韻韻般般,刻刻時時盼盼。心心願願,雙雙對對鶼鶼。

娟娟大大哥哥,婷婷嫋嫋多多,件件堪堪可可。藏藏躲躲,嚌嚌世世婆婆。

## 折桂令

寄與他三負心那個喬人，不念我病榻連宵，不念我瘴海愁春。不念我剩枕閑衾，不念我亂山空館，不念我寡宿孤辰。茶不茶飯不飯全無風韻，死不死活不活有甚精神。阻隔音塵，那個緣因，好事多磨，天也生嗔。《青樓韻語廣集》此首歸升庵，題作"離恨"。

天生你端要磨咱，好朵仙花，落在誰家。被兒裏風流，懷兒裏恩愛，做了口兒裏嗟呀。飛虎賊終遭白馬，嫩凰雛怎配烏鴉。海角天涯，水渺雲賒，到頭來山也相逢，急時間心癢難撾。

## 風入松

一絲雨氣病裹王，枕上時光。風流自古多磨障，幾時得效對鸞凰。覓水重來崔護，看花前度劉郎。

千嬌百媚杜韋娘，惱亂柔腸。昨宵夢裏同鴛帳，醒來時依舊淒涼。歡會百年嫌短，離愁一夜偏長。

## 黃鶯兒

翠被□寒生，訴離情天未明，淚花落枕紅綿冷。鄰雞一聲，譙樓五更，紗窗殘月愁分影。謾留情，佳人薄（命，飛）絮逐浮萍。

弦管動離聲，是旁人也動情，東橋烟柳和愁暝。搖裝且停，行杯且傾，樽前重唱西河令。淚偷零，銀瓶墜井，腸斷短長亭。

## 駐雲飛

疊雪香羅，窄窄弓弓玉一窩。鳳嘴穿花破，龍腦濃熏過。嗏，洛浦去淩波。笑殺齊奴，枉把香塵涴，掌上擎來暖氣呵。《青樓韻語廣集》此首歸升庵題作"贈纖足妓"。

戲蕊含蓮，一點靈犀夜不眠。雞吐花冠豔，蜂抱花鬚顫。嗏，玉軟又香甜。神水華池，只許神仙占，夜夜栽培火裏蓮。

# 楊夫人曲卷三　小令

明楊升庵夫人黃氏撰　江都任訥中敏編訂

## 寨兒令

花寫真，水爲神，月牙兒半灣眉黛顰。年紀青春，流落紅塵，分外可憐人。枕頭兒邊海誓山盟，等盤兒上暮雨朝雲。步蘭苕臨海浦，折楊柳向河津，含雨淚濕羅巾。

## 沉醉東風

也不是石家的綠珠風韻，也不是喬家的碧玉青春。合雙鬟夢裏來，行萬里雲南近，似蘇家過嶺朝雲。休索我花鈿與繡裙，窮秀才床頭金盡。《曲律》歸升庵。

## 皂羅袍

爲相思瘦損卿卿，守空房細數長更。梧桐金井葉兒零，愁人又遇淒涼景。錦衾獨旦，銀燈半明，紗窗人靜。羅幃夢驚，你成雙丟得咱孤另。

## 捲簾雁兒落

難離別，情萬千，眠孤枕，愁人伴。　閑庭小院深，關河傳信遠。魚和雁天南，看明月中腸斷。

## 紅繡鞋

望天台花當洞口，夢陽臺人在峰頭。雲天花地兩悠悠，把眼前閑愁付酒。嘆別後光陰似流，借問劉郎記否。

## 雁兒落帶得勝令

《青樓韻語廣集》歸升庵,題作"寫恨"。

俺也曾嬌滴滴徘徊在蘭麝房,俺也曾香馥馥綢繆在鮫綃帳。俺也曾顫巍巍擎他在手掌兒中,俺也曾意懸懸閣他在心窩兒上。　誰承望忽刺刺金彈打鴛鴦,支楞楞瑤琴別鳳凰。我這裡冷清清獨守鶯花寨,他那裡笑吟吟相和魚水鄉。難當,小賤才假鶯鶯的嬌模樣。休忙,老虔婆惡狠狠做一場。《廣集》"手掌心窩"下俱無"兒"字"假鶯鶯"下無"的"字。

## 朝天令

《廣集》歸升庵,題作"攜美妓夜遊"。

夜遊,虎丘,銀燭秋光溜。喉歌掌舞醉溫柔,風韻前年又。月暗金波,花明紅袖,向離筵重勸酒。清謳,散愁,細雨黃昏後。

## 清江引

鍾馗臥床扶不起,鬼病難醫治。硯瓦害相思,想必無他意,屈原投江沉到底。

## 巫山一段雲

巫女朝朝豔,楊妃夜夜嬌。行雲無力困纖腰,媚眼暈紅潮。阿母梳雲髻,檀郎整翠翹。起來羅襪步蘭苔,一見又魂銷。

## 罵玉郎帶過感皇恩採茶歌　仕女圖

原列卷一套數後。

一個摘薔薇刺挽金釵落,一個拾翠羽,一個撚鮫綃,一個畫屏側畔身斜靠。一個竹影遮,一個柳色潛,一個槐陰罩。　一個綠寫芭蕉,一個紅摘櫻桃。一個背湖山,一個臨盆沼,一個步亭皋。一個管吹鳳簫,一個弦撫鸞膠。一個倚闌憑,一個登樓眺,一個隔簾瞧。　一個愁眉霧銷，一個醉臉霞嬌。一個映水勻紅粉，一個偎花整翠翹。一個弄青梅攀折短牆梢，一個蹴起秋千出林杪，一個折回羅袖把做扇兒搖。

## 水仙子帶過折桂令

原列卷三重頭內，《青樓韻語廣集》歸升庵，題作"嘆別"。

不明不暗唱陽關，無語無言倚畫闌，多情多恨空腸斷。那人兒甚日還，相思擔其實難擔。獨樹山頭路，臯橋渡口船，眼睜睜面北眉南。眼睜睜面北眉南，拋閃得隻鳳孤鸞，都只為燕兩鶯三。好個人人，從他去去，鬼病懨懨。常想著臨上馬淚拋珠點，蹙雙蛾鬢亂花尖。鹽也般鹹，醋也般酸，你也休憨，我也休憨。《廣集》末句作"你也休饞"。